날씨와 얼굴

이슬아 칼럼집

유고

차례

마음에 걸리는 얼굴을
유심히 바라보았다

얼굴을 가릴수록 더욱더 얼굴을 말하고 싶었다. 반갑고 애처로운 얼굴들에 대해. 거기엔 헤아릴 수도 없을 만큼 방대한 정보가 담겨 있다. 얼굴을 가진 우리는 가속화될 기후위기 앞에서 모두 운명공동체다. 날씨의 지배를 받는 지구 생명체 중 특히 유심히 바라본 얼굴들을 이 책에 초대하려 한다. 인간뿐 아니라 비인간 동물의 얼굴 또한 마주할 것이다.

2021년 1월부터 2023년 1월까지 경향신문에 기고한 칼럼을 모아 엮었다. 새로 쓴 글 몇 편을 덧붙이기도 했다. 마음에 걸리는 얼굴들 때문에, 이 책은 쓰여졌다. 분명 어떤 얼굴들은 충분히 말해지지 않는다. 그들에 대해 말하려면 특정 방향으로 힘이 기우는 세계를 탐구해야 한다. 그게 내가 배운 저항의 방식이다. 중요한 이야기를 중요하게 다루는 것. 누락된 목소리를 정확하게 옮겨 적는 것. 여러 사람에게 묻지 않고는 쓸 수 없었다. 어떤 책보다도 부지런히 자료를 조사하며 완성했다.

칼럼으로 성취할 수 있는 아름다움을 계속해서 갈고 닦고 싶다. 정치와 문학이 서로에게서 배울 것이 너무나 많다고 믿는다.

지면을 내어주시고 마감을 독촉해주신 신문사의 기자님들께, 그리고 인기 없는 주제를 다룬 칼럼을 매번 기다려주시고 끝까지 읽어주신 독자님들께 감사드린다. 원고가 막힐 때마다 전화를 받아주고 내가 모은 자료의 정확성을 체크해준 동료 작가들에게도 고마움을 전한다. 또한 함께 책을 만든 위고 출판사의 편집자님들께도 허리 숙여 인사 드린다. 해가 갈수록 절절히 알게 된다. 글쓰기가 얼마나 혼자의 일이 아닌지를 말이다.

2023년 2월 정릉에서

1부

동물에 대해 잊어버린 것

우리는
혼자 먹지 않는다

봄이 되었고 나는 모르는 얼굴들이 앉아 있는 교실로 들어간다. 글쓰기 수업 개강일이다. 2000년 이후에 태어난 사람들과 얼굴을 마주 본다. 누군가는 그들을 기후 세대라고 부른다. 다가올 기후재난에 본격적인 피해를 입을 세대라고 예측해서다. 그것은 물론 내 인생에 관한 이야기이기도 하다. 처음 보는 십대들에게 나를 소개한다. 중요한 이야기의 수명을 늘리기 위해 노력하는 사람이라고 말한다. 글쓰기는 디스토피아를 극복할 수단 중 하나가 될 수 있는가? 물론이다. 나는 비밀 병기를 장전해주는 심정으로 미래 세대와의 글쓰기 수업을 시작한다. 십대들은 투명 칸막이 사이에서 마스크를 쓴 채로 피드백을 기다리고 있다.

과제를 들여다보니 그들 중 한 명은 비건 지향 생활을 한다. 이 학교에서는 점심시간에 채식 메뉴 선택이 가능하다. 열 명 중 한 명꼴로 비건(완전 채식) 식사를 하거나 페스코(물살이, 알, 유제품 등은 먹는 채식) 식사를 한다. 그렇게 먹는 학생은 여전히 소수다. 비건 학생의 글을 읽은 또 다른 학생이 묻는다. "고기를 아예 안 먹는 건 좀 부자연스럽지 않아요?" 이야기의 흐름은 '자연스럽다'라는 단어로 자연스럽게 넘어간다. 앞으로 끊임없이 재정의될 표현이다. 미래에는 전혀 다른 자연이 주어질 테니까. 나는 칠판에 공장식 축산의 역사를 간단히 적는다. 우리가 얼마나 자연스럽지 않은 방식으로 고기를 먹게 되었는지에 대한 설명이다.

공장식 축산의 역사는 1920년대 후반 미국에서 시작되었다. 닭을 비롯한 가금류를 대규모로 사육하는 시스템이 처음 도입된 것이다. 소와 돼지를 본격적으로 가축화한 것은 1960년대 후반부터다. 1967년 한국이 미국과 맺은 무역협정은 이 나라 축산업계의 초석이다. 미국 거대 곡물 기업이 생산한 잉여 농산물을 사들이면서, 그것을 소진하기 위해 국내에도 사료 산업이 필요해졌다. 낮은 품질로 값싸게 들여온 대두와 옥수수 등의 잉여 농산물은 축산 농가 동물들에게 먹이기에 제격으로 보였다. 1968년 박정희 정권이 '축산진흥 4개년 계획'을 발표하면서 국내의 사료 기업들은 점차 거대해진다. 이들이 성장하려면 필연적으로 거대한 축산업이 마련되어야 했다. 축산업과 사료 기업의 부흥은 맞물려 돌아갈 수밖에 없었다. 가장 큰 이익을 본 건 누구일까? 하림, 카길, 제일제당, 대한사료 등의 기업이다. 이들은 미국산 농산물을 가공한 사료부터 시작해 동물 품종 개량, 사육, 육류 유통 등 전 영역을 아우르는 곡물·축산 복합체로 진화했다.

고작 60년도 되지 않는다. 우리가 소와 돼지와 닭을 이렇게까지 대규모로 먹어온 역사는. 20세기 후반부터 현재까지 도살된 동물의 수와 그것을 집행한 농장의 수를 살펴보았다. 두 수치는 시간이 갈수록 반비례한다. 비거니즘 잡지 『물결』이 2021년 봄호에 발표한 자료에 따르면, 1970년에 131만 명의 규모로 도살된 소가 2010년에는 335만 명으로 급증했고 이후 꾸준히 늘어났다. 한편, 1990년에 62만 곳이었던 소 농장은 2010년대에 이르자 10만 곳 미만이 되었다. 소 한 명당 투여되는 인간의 노동시간은 반으로 줄었다. 이 수치는 무엇을 가리키는가? 바로 공장식 밀집 사육이다. 더 많은 동물이 더 좁은 공간에서 더 빠르게 도살된다는 의미다.

온실가스 배출의 주요 원인 중 하나인 이 산업을 빼놓고 기후위기를 말할 수는 없다. 공장식 축산은 전 세계 평균기온을 상승시키는 데에 분명 영향을 끼쳐왔다. 하지만 그보다 먼저 말하고 싶은 건 폭력에 관한 이야기다. 인류가 동물에게 겪게 해온, 그리고 앞으로도 겪게 할 고통의 시스템을 어떻게든 바꿔보고 싶다. 축산업이 축산업 바깥에 미치는 영향을 차치하더라도, 축산업 내부에서 동물이 강제당하는 생의 모든 순간이 착취적이기 때문이다.

이 거대한 폭력을 모르지 않는다 해도 삶에는 신경 쓸 일이 아주 많다. 축산업 말고도 온갖 문제로 고단하지 않나. 그러나 자신의 해방과 동물의 해방이 어쩌면 무관하지 않다고 생각하는 사람들이 있다. 그들의 어깨 너머로 비거니즘을 배운다. 비거니즘은 동물을 착취해서 얻는 식품과 제품을 최대한 소비하지 않으려는 운동이다. 완벽하지 않더라도 그 방향 쪽으로 움직이며 생활하는 이들을 '비건 지향인'이라고 부른다. 나에게 비거니즘은 어떤 착취에 더 이상 일조하지 않겠다는 다짐이자, 동물과 인간이 관계 맺어온 방식을 개선하고 싶다는 의지다. 이것은 기후위기에 대한 입장이기도 하다. 육식을 줄이는 것만으로는 다가올 기후재난을 해결하기에 충분치 않지만, 현재의 식습관을 티끌만치도 바꾸지 않는 채로 찾는 대안은 한계를 가질 수밖에 없다. 비건이 뭔지 배울 기회가 없었거나 크게 관심 없는 이들, 가난하고 피로하여 내 한 몸 건사하기도 벅찬 나의 친구들도 쉽게 육식을 줄일 수 있는 국가를 상상한다. 저렴하고 맛있는 채식 메뉴를 어디서든 구할 수 있고, 거의 모든 식당에 비건 옵션이 추가되는 미래가 오기를 바란다. 기후위기와 동물권을 코앞에 닥친 문제로 여기는 기업인과 과학자와 정치인들이 더욱 늘어나기를 바란다. 또한 우리가 좋은 친구이자 이웃이 되기를 바란다. 시행착오를 너그러이 지켜

봐주는, 서로의 삶을 섣불리 단죄하지 않는 동지 말이다.

　이 작은 책에서 나는 나와 같은 개인들에게 말을 건네려 한다. "가난한 우리도 이 세계의 일부이고 책임 있는 구성원"[1]임을 믿으면서. 세계는 우리들의 총합이다. 우리가 하던 짓을 그만두기로 할 때 만들어질 커다란 정서를 상상해본다. 이는 전에 없던 과학기술과 정치의 지형을 만들 것이다. 소설가 조너선 사프란 포어의 말처럼 우리는 혼자 먹지 않는다. 음식 선택은 전염성을 지닌 행위다. 타인이 먹는 것을 나도 주문하고, 내가 먹는 것을 타인도 주문한다. 무엇을 먹고 싶은지 알아채기도 전에 다른 사람의 밥상으로부터 영향받는 것이다. 식품 산업은 언제나 이 선택들을 주시하고 있다. 더 잘 팔리는 품목과 버려지는 품목을 기록하면서.

　지금은 없는, 그러나 여기저기서 나타날 수많은 시민의 얼굴을 상상하고 있다. 작가 강남규는 저서 『지금은 없는 시민』에서 '시스템주의자'와 '의인'에 관해 이야기한다. 시스템주의자는 "어떤 위기 상황을 극복할 책임은 시스템에 있으니, 자신에겐 뭘 요구하지 말라"고 요구하는 사람이다. 그 반대편에 있는 의인은 "누구도 요

1. 장일호, 『슬픔의 방문』, 낮은산, 2022, 76면.

구하지 않았지만 위기 상황에서 누구보다 앞서 행동하는 사람들"이다.[2] 우리는 의인의 이야기를 전해 듣길 좋아하는 동시에 시스템주의자처럼 말하길 좋아한다고 강남규는 통찰한다. 그가 주목하는 건 시스템주의자와 의인 사이의 시민들이다. '시스템이 바뀌어야 한다'는 말만으로는 해결될 수 없는 공백의 영역에 시민들이 자리한다. 의인처럼 해낼 여유가 없는 시민들도 문제적인 시스템을 바꾸는 일에 동참할 수는 있다. 선의를 모으고 책임을 나누고 서로의 부담을 덜어줄 수도 있다. 서로에게 좋은 변화의 계기가 되는 시민의 존재와 그들 사이의 연쇄 작용을 희망한다.

성실하고 따뜻한 그의 사유를 동물권과 기후위기를 마주하는 우리의 태도에도 적용해보고 싶다. 축산업이 저절로 바뀔 때까지 기다리는 시스템주의적 세계에서는 이전과 같은 갈등과 고통이 영원히 되풀이될 것이다. 그렇다고 최전선에서 환경운동과 동물권운동을 전투적으로 해나갈 용기와 여력이 모두에게 있는 것은 아니다. 양극단처럼 보이는 둘 사이에 무수한 시민들이 있다. 나 역시 그런 시민이고 이 책을 펼친 당신도 아마 그런 시민일 것이다. 시민이 구매할 것으로 예상되므로 고기는 생산된

---

2. 강남규, 『지금은 없는 시민』, 한겨레출판, 2021, 5면

다. 생산된 고기를 시민이 먹는다. 같은 이유로 고기가 또 생산된다. 공장식 축산은 시민들의 메뉴 선택과 상호작용한다. 이 사슬을 끊는 결정적인 행동이 불매다. 동물의 살과 뼈와 젖에 최대한 돈을 쓰지 않는 것. 이 시도는 결코 미미하지 않다. 우리는 어디에나 있으니까. 나의 꿈은 비인간 동물을 착취하지 않고도 무탈히 흘러가는 인간 동물의 생애이다.

글쓰기 수업에서 나는 우리 모두가 얼마나 굉장한 개인인지를 가르치곤 한다. 개인이 소비하지 않기로 한 선택들이 모여 기업과 정치와 과학을 들썩들썩 움직인다는 믿음을 학생들에게 쥐여준다. 자신의 선택이 모두에게 영향을 미칠 수 있다는 믿음이 자아도취적으로 들릴지도 모르겠다. 하지만 그보다 나쁜 건 자신의 선택이 아무한테도 영향을 주지 않는다고 믿는 자기기만이다. 전 지구인의 총동원이 필요한 이 시대에, 당신은 어떤 것을 그만두고 싶은지 궁금하다. 고기 먹기를 일단 멈춘 동지로서 당신을 기다리겠다. 나에게 없는 지혜가 당신에게 있을 것이다. 우리는 분명 서로에게 배울 수 있을 것이다.

2021.05.10

미래를
말하고 싶다면

친척들을 만나지 않은 채로 구정이 지나갔다. 연휴 내내 미세먼지가 많았어도 춥지는 않았다. 나의 외할머니 이존자 씨라면 충청도 사투리로 이렇게 말했을 것이다. "아가. 날이 푹햐." 존자 씨 때문에 나는 어려서부터 '푹하다'라는 말이 좋았다. 겨울날이 퍽 따뜻할 때 푹하다고 소리 내어 말하는 어른으로 자랐다. 그 말을 얼굴 보고 들을 수 없어서 전화를 걸었다. 새해 복 많이 받으시라고, 다 같이 모이지 못해 아쉽다고 말했다. 존자 씨는 살다 살다 이런 세상은 처음이라며 탄식했다. "입을 아주 틀어막는 세상이잖여." 그게 마스크에 대한 이야기임을 한발 늦게 알아듣고 나는 막 웃었다. "울애기, 많이 웃어." 그는 아직도 나를 '아가' 혹은 '울애기'라고 부른다. 세상은 세상이고 울애기는 참말로 기특하다고, 열심히 살아줘서 고맙고 사랑한다고 말한다. 1940년대에 태어나 살아가는 그의 눈에 2020년대가 어떻게 보일지 헤아렸다.

내가 글쓰기 교사로 근무하는 도시형 대안학교에서는 십대들에게 조부모 생애사 집필 작업을 과제로 준다. 외조부모나 친조부모, 혹은 혈연관계가 아니더라도 아이와 가까웠던 할머니, 할아버지 중 한 사람을 인터뷰하고 글을 쓰도록 지도한다. 일흔 해 넘게 살아온 사람들의 우여곡절을 들으며 아이들은 자신도 모르게 한국

근현대사를 공부한다. 같은 시대 안에서도 개인의 기질이나 운에 따라 얼마나 다른 인생을 살기도 하는지 배운다. 누구든 시대의 풍요와 결핍으로부터 숨 쉴 때마다 영향을 받는 존재라는 것 또한 배운다. 노인의 생애를 듣고 글로 옮기는 것은 긴 시간과 체력이 필요한 일이다. 아이들은 한 학기 내내 이 글쓰기에 매진한다. 교사는 인터뷰의 기술과 예절을 가르치며 생애사 원고를 함께 퇴고한다. 그것은 나도 여전히 훈련 중인 집필 방식이다. 지난 백 년치의 시선을 얻는 일이어서다. 그 시선은 할머니를 키운 사람이 태어난 백 년 전부터 지금까지의 일들을 아주 구체적인 얼굴과 연결하게 한다.

『시간과 물에 대하여』는 그런 시선을 지닌 책이다. 아이슬란드의 작가 안드리 스나이어 마그나손이 썼다. 이 책에서 그는 앞으로 백 년에 걸쳐 지구상에 있는 물의 성질이 어떻게 달라질 것인지 이야기한다. 해수면이 상승하고, 기온이 높아지며 가뭄과 홍수가 일어나고, 바닷물은 인류가 한 번도 겪지 못한 수준으로 산성화될 것임을 예고한다. 여러 기후학자들이 진작부터 해온 예고다. 이 예고는 누군가에겐 강렬한 공포와 절망일 테지만, 아직 무엇을 느껴야 할지 모르는 이의 마음도 헤아려진다. 당장 발등에 떨어진 문제들만으로 삶은 벅차고, 기후위기는 우리의 언어를 한참 초과하는 현상일 것이다.

마그나손은 힘주어 말한다. 오늘 태어난 아이가 할머니가 되는 동안 그 모든 변화가 일어난다고. 인류가 여섯 번째 대멸종에 가까워져가는 이 시절에 그는 백 년 전으로 거슬러 올라가 이야기를 수집한다. 자신과 상관있는 과거의 인간들이 어떻게 살았는지, 그 삶들이 지구와 어떻게 상호작용했는지 살핀다. 그럼으로써 미래의 인간들이 어떻게 다르게 살아야 하는지 탐구한다. 과거에서 건져 올린 애틋한 사랑을 미래로 보내는 방식의 글쓰기다.

내가 가장 좋아하는 덧셈의 장면을 소개하고 싶다. 마그나손은 자신의 아이에게 묻는다. 아직 살아 계신 증조할머니의 나이와, 아이가 증조할머니 나이가 되었을 때의 연도와, 세월이 흘러 아이의 증손녀 역시 증조할머니가 되었을 때의 연도를. 그럼 아이는 종이에 숫자를 적어가며 계산한다. 2008년에 태어난 자신이 아흔네 살이 되고, 자신의 증손녀가 다시 아흔네 살이 되는 미래를 상상하며. 그리고 마그나손은 다시 묻는다. 증조할머니가 태어난 해에서 아이의 증손녀가 증조할머니의 나이가 되는 해까지는 전부 몇 년일지. 덧셈을 마친 아이는 262년이라고 대답한다. 마그나손은 아이에게 말한다.

상상해보렴. 262년이야. 그게 네가 연결된 시간의 길이란다. 넌 이 시간에 걸쳐 있는 사람들을 알고 있는 거야. 너의 시간은 네가 알고 사랑하고 너를 빚는 누군가의 시간이야. 네가 알게 될, 네가 사랑할, 네가 빚어낼 누군가의 시간이기도 하고. 너의 맨손으로 262년을 만질 수 있어. 할머니가 네게 가르친 것을 너는 손녀에게 가르칠 거야. 2186년의 미래에 직접 영향을 줄 수 있다고.[3]

이런 이야기를 내가 만나는 아이들에게도 들려줄 수 있을까? 네가 연결되어 있는 시간은 262년이나 될 거라는 이야기. 우리 할머니의 이야기를 내 딸에게, 그리고 딸의 딸에게도 전할 수 있다면 좋겠다. 하지만 그 말을 할 날이 정말 올지 모르겠다. 지구 곳곳에서 청소년들이 기후 파업을 한다. 자신들의 미래 없음에 대해 말한다.

1940년대에 태어난 할머니, 할아버지들의 얼굴을 그리워하며 이 글을 쓴다. 아직 만나보지 못했지만 사랑하게 될 미래의 누군가를 생각하며 쓴다. 나는 그들 생의 이야기를 소중히 품고 어디까지 갈 수 있을까. 긴 세월을 간절히 소망하기 때문에 기후위기를 공부한다. 기후에

---

3. 안드리 스나이어 마그나손, 『시간과 물에 대하여』, 노승영 옮김, 북하우스, 2020, 28면.

대한 논의 없이는 미래도 없기 때문이다.

2021.02.15

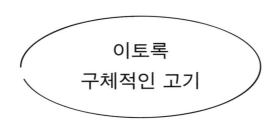

이토록
구체적인 고기

동물이 무엇인지 배우며 살아가고 있다. 오랫동안 나에게 동물은 강아지나 고양이나 길가의 비둘기였다. 혹은 영상 속 사자나 돌고래였다. 한편 치킨과 삼겹살과 사골국밥이 동물이라는 것은 잘 실감할 수 없었다. 그것들은 제품에 가깝게 느껴졌다. 양념된 닭 다리 살을 뜯을 때 닭의 구체적인 생애가 상상되지는 않았다. 불판 위에서 익어가는 삼겹살을 볼 때 구체적인 돼지가 그려지지도 않았다. 사골 국물을 마시며 구체적인 소를 떠올리기란 더욱 어려웠다.

고기가 동물임을 실감하게 된 건 전염병 때문이었다. 코로나보다 더 먼저, 더 자주, 더 거대한 규모로 축산업을 휩쓴 전염병들이 있었다. 조류독감, 구제역, 아프리카돼지열병 등이었다. 전염병이란 어마어마하게 많은 동물의 살처분을 의미했다. 살처분이라는 단어가 기사에 적혀 있을 때에는 별다른 감흥이 느껴지지 않았다. 날마다 언론을 채우는 숱한 난리 중 하나 같았다.

2019년 9월 아프리카돼지열병(ASF)이 국내에서도 발생했다. 치사율 백 퍼센트로, 돼지에게만 발생하는 바이러스성 전염병인 아프리카돼지열병에 감염된 돼지는 고열로 온몸의 혈관이 파열돼 고통스럽게 죽는다. 백신이나 치료약이 개발되지 않아 대부분의 국가에서 살처분 정책을 시행하고 있다. 당시 내가 살던 곳에서 멀지 않은 파주와 연천 일대의 돼지들에게서 감염이 확인되었다. 2019년 가을, 약 37만 5천 명의 돼지가 살처분돼 땅속에 매몰되었다. 감염된 돼지들뿐 아니라 감염되지 않은 돼지들도 함께 죽임당했다.

이러한 대규모 살처분은 아주 신속히 이뤄졌다. 전염병 확산을 확실히 예방하기 위해서였다. 한꺼번에 모아 질식사시킨 뒤 땅에 묻는 방식이었다. 이산화탄소를 주입해 질식사시키는 방식은 그 자체로 매우 고통스러우므로 안락사와는 거리가 멀다. 하지만 그조차 제대로 이루어지지 않아 의식이 있는 채로 땅에 묻히는 돼지들도 있었다. 사실상 생매장으로 죽인 경우다. 의식이 있는 돼지를 생매장하는 것은 아프리카돼지열병 긴급행동지침(SOP)에 위배된다. 그러나 농식품부 관계자는 "신속성을 우선시하다 보면 가사 상태에 있는지, 완전히 죽었는지, 그런 것을 충분히 파악하지 못하고 집행하는 경우도 있을 것"이라는 답변을 내놓았다.

조류독감과 구제역 당시 살처분 현장의 사진과 영상 속에서는 여러 대의 포클레인이 커다란 구덩이를 판다. 한 명이라도 감염이 확인되었을 경우 그 축사의 모든 동물을 죽이는 경우가 허다하므로 구덩이는 죽음의 규모만큼 거대해진다. 셀 수 없이 많은 소, 돼지, 닭이 구덩이로 밀어넣어진다. 그들 중 누군가는 이미 죽어 있고 누군가는 살아 있다. 고통 없이 죽이기 위한 시간과 비용을 충분히 들이지 않아서다. 살아 있는 동물은 겁에 질려 있고 안간힘을 다해 탈출하려 한다. 본능적인 도망이다. 나 역시 그 본능을 지녔다. 달아나는 동물의 얼굴에서 내가 느끼는 것은 유사성이다. 그들과 나는 다른 점보다 비슷한 점이 훨씬 많다. 그곳에서라면 우리 중 누구라도 도망을 시도할 것이다. 그러나 살처분은 신속하게 진행되고 대개의 동물은 달아나지 못하며 이런 일은 무참하게 반복된다.

거의 매년 반복되는 살처분 과정은 인간에게도 몹시 치명적이다. 살처분 작업자 네 명 중 세 명은 극심한 트라우마에 시달리며 외상후스트레스장애를 겪는다. 이들에 대한 사후 심리치료 지원은 거의 이루어지지 않는다. 조녀선 사프란 포어는 『동물을 먹는다는 것에 대하여』를 통해 이렇게 우려한다. 동물에 대해 망각하는 사이 우리 자신에 대해서도 망각하게 된다고. 또 다른 동물로서 스스로에게 반응하는 능력 또한 위험에 처해 있다

29

고. 가축 동물뿐 아니라 우리들 사이에서도 전쟁이 벌어지고 있다고.

전염병과 살처분은 공장식 축산에서 빈번히 일어나는 일이다. 공장식 축산은 동물의 아주 기본적인 면역력조차 파괴한다. 고기를 대량 생산하기 위해 좁고 열악한 사육장에 감금해서 키우고, 성장촉진제와 항생제를 맞히며 고작 6개월을 살게 한 뒤 도살장에서 죽인다. 그리고 그만큼을 또 태어나게 한다. 현대에서의 육식은 이렇게 생산된 살과 뼈와 젖과 알을 구매해 입에 넣고 씹고 소화하는 행위다. 우리들 중 대다수는 공장식 축산을 발명하지도 않았고 운영하지도 않는다. 하지만 적어도 일조하고 있기는 하다. 육가공품을 먹을 때마다 축산업은 계속해서 공고해진다. 축산업이 지속되는 한 살처분도 계속될 것이다. 살처분은 육식의 결과이자 과정이다.

살처분이 유독 끔찍하다고 말하기는 어렵다. 공장식 축산의 일상에 비하면 말이다. 고기로 만들어지기 위해 강제로 번식되어 탄생한 수많은 새끼 돼지는 태어나자마자 마취 없이 강제로 이빨이 뽑히고 꼬리가 잘린다. 비좁은 축사에서 받는 극도의 스트레스로 인해 다른 돼지의 꼬리를 물어뜯을 위험을 방지하기 위해서다. 남성

돼지의 경우는 고기 잡내 제거를 목적으로 마취 없이 거세를 당하기도 한다. 병아리들은 태어나자마자 남녀로 감별되어 나뉘고, 그중 남성 병아리들은 상품성이 없다는 이유로 그라인더에 갈리거나 가스사를 당한다.

한편 살아남은 여성 병아리의 삶도 다행스럽지는 않다. 몸이 망가질 만큼 밤낮없이 알을 낳도록 강제당하기 때문이다. 뼈마디가 골절될 만큼 살찌워지기도 한다. 닭 가슴살을 대량으로 생산하기 위해서인데 스스로 체중을 버티지 못할 정도로 괴로운 신체가 된다. 여성 소들은 우유 과잉 생산으로 유방이 있는 몸의 뒷부분이 앞부분에 비해 지나치게 커져 있다. 쉽게 유방염을 앓고 다리를 전다. 그들 종의 모습은 원래 이렇지 않았다. 먹기 좋은 상품이 되게끔 동물의 신체를 손상시키며 품종개량해온 것 또한 공장식 축산의 역사에서 유심히 살필 부분이다.

식탁 위 요리나 매대 위 제품에서 동물은 추상적인 모습을 하고 있다. 구체적인 고통 같은 건 매끈하게 닦여 나간 뒤다. 그러나 우리 역시 동물이라 그 고통을 헤아릴 줄 안다. 이 상상력은 아름다운 우유 크림 케이크에서도 가축화된 동물의 생을 그리게 한다.

책임감이란 무엇인가. 나로 인해 무언가가 변한다는 것을 아는 것이다. 내가 세계에 미치는 영향력을 과소평가하지 않는 것이기도 하다. 비건 지향 생활을 지속하면서 나는 '어쩔 수 없다'는 말을 아끼게 되었다. 세계가 빠른 속도로 나빠지고 있는 와중에도 어떻게든 해볼 수 있는 일들이 아직 많기 때문이다. '책임감'의 영어 단어 'responsibility'는 'response'와 'ability'의 합성어다. '응답하는 능력'이라는 의미다. 가축 동물들의 죽음 앞에서 우리는 어떻게 응답하면 좋을까. 인간에게는 전염되지 않는 것에 안심하거나, 고기 가격 상승을 염려하는 일 말고 또 어떻게 다르게 응답할 수 있을까. 우리의 응답은 현재의 동물뿐 아니라 미래의 동물에게도 꾸준히 지대한 영향을 미친다. 축산업과 낙농업에 갇힌 동물을 구체적으로 알아감으로써 시작되는 일이다. 마찬가지로 동물인 우리 자신에 대한 공부이기도 하다.

2021.04.12

다시 차리는 식탁

2019년 3월 내가 더 이상 고기를 먹지 않겠다고 말했을 때 복희는 이유를 물었다. 이유를 말하자 그는 잠자코 들었다. 듣고 나선 내가 그의 집에 방문할 때마다 고기 없는 밥상을 차려주기 시작했다. 복희는 조심스레 물었다. "가끔씩 생선은 먹어도 되지 않을까?" 나는 해산물도 가능하면 먹지 않으려 한다고 대답했다. 영양 섭취에 대한 걱정이 복희 머리에 스치는 듯했다. 나는 우리가 새로운 대화를 나눌 수 있다고 생각했다. 동물성 단백질 신화에 사로잡힌 식단 말고, 축산업계와 낙농업계가 포장한 정보 말고, 지금까지와는 다르게 맛있고 건강한 식사를 어떻게 함께할 것인가에 관한 대화. 비거니즘 강의에 복희를 데려갔다. 복희는 책을 읽지 않고도 곧바로 이해했다.

"이건 동물에 대한 이야기야. 처음부터 다시 생각해야 되는 이야기야."

동물권과 채식 이슈를 마주한 복희의 첫마디였다. 복희 말이 맞다. 이것은 동물에 대한 이야기다. 고기가 동물이라는 당연한 사실을 기억하는 이야기이자, 비인간 동물뿐 아니라 인간 동물의 존엄을 되찾는 이야기다. 복희는 사랑하는 사람이 무언가를 결심하면 분명 그만한 이유가 있을 거라고 짐작한다. 언제든 자신이 틀릴 수 있다고 생각한다. 다른 이의 말에 귀 기울이는 것도 그래서다. 우리는 큰 충돌 없이 나란히 채식을 시작해보기로 했다. 동물과 인간 사이, 그리고 인간과 인간 사이 논쟁적인 일들이 아주 많이 남아 있지만, 일단 고기 소비를 줄이는 게 좋다는 사실만은 명확했기 때문이다.

복희의 부엌은 차근차근 탈육식주의적으로 재정비되었다. 콧노래를 흥얼거리며 장을 보고 채소와 곡류와 과일을 손질하는 복희를 보며 나는 어느 영화의 대사를 떠올렸다. 영화 속에서 한 어른이 다 안다는 표정으로 이렇게 말한다.

"사람은 원래 안 변해."

그러자 한 아이가 울면서 이렇게 소리친다.

"왜 안 변하는데? 안 변할 거면 왜 살아 있는데?"

이 대사는 자주 내 맘속에 맴돈다. 나는 사람이 타고난 기질을 대단히 배반하며 달라지는 경우는 드물다고 생각한다. 그러나 크고 작은 변화를 겪으며 계속해서 새로워지는 게 삶이라고도 생각한다. 복희와 나는 어쨌거나 누군가를 덜 착취하는 방식으로 식단을 바꾸고 싶었다. 동물성 단백질을 섭취하지 않는 생활이 얼마나 만족스러울지 혹은 얼마나 불편할지 알아보는 과정이었다. 복희는 변화를 가볍게 받아들였다. 나에 대한 사랑과 동물에 대한 어렴풋한 연결감은 변치 않을 것이기 때문에 오히려 다른 부분은 과감히 변할 수 있는 듯했다.

사실 고기를 먹지 않는 삶에 관해서라면 나보다 복희가 훨씬 잘 알고 있었다. 그는 1967년에 태어나 충남 공주시 이인면 잣골에서 유년기를 보냈다. 보리밥, 된장국, 김치가 복희네 가족의 주된 메뉴였다. 그곳은 가난한 시골 동네였고 지금처럼 고기 반찬이 흔하지 않았다. 육고기와 생선과 유제품 없이도 복희는 몹시 건강하였다. 계절별로 자라는 채소와 곡류와 구황작물을 풍부하게 먹으며 무럭무럭 자랐다. 복희는 성인이 되는 과정에서 자연스레 육식을 시작했지만 육식을 하지 않아도 큰 탈이 없단 걸 몸으로 안다. 어렸을 때 먹고 자란 소울푸드와, 어른이 되어 손에 익힌 요리법을 한껏 활용하여 비건 집밥을 뚝딱 차려낸다. 나도 음식을 제법 빠르게 하는 편이지만 복희의 퀄리티로 뚝딱 하지는 못한다. 그래서 나는 돈을 열심히 번다. 복희한테 주려고. 복희는 내 수호신이니까. 복희 없었어도 비건을 지향했겠지만 이만큼 풍요롭고 수월하지는 않았을 것이다. 지금보다 외로웠을 것이다.

　　비건이라고 말하면 풀만 먹는 줄 아는 이들이 아직도 많다. 하지만 채식과 초식은 다르며 비건 메뉴에는 아주 다양한 재료와 변주가 있다. 균형 잡힌 채식은 인체가 필요로 하는 거의 모든 영양소를 충족시킨다. 복희와 나는 현미밥을 주식으로 하며 통곡류를 충분히 먹는다. 국물을 몹시 좋아하는 편이라 된장국, 된장찌개, 김치찌개, 미역국, 감자국, 뭇국을 자주 끓인다. 배추, 봄동, 시래기, 우거지는 탕과 전골의 훌륭한 재료가 된다. 볶아 먹는 음식도 자주 한다. 가지, 애호박, 각종 버섯, 유부, 납작당면을 파기름에 볶아 먹는 것은 우리 집의 단골 메뉴다. 국수류에도 다양한 변주가 있다. 고기와 해산물 없이도 맛있는 비빔국수와 잔치국수와 쌀국수를 만들 수 있다. 파스타는 말할 것도 없다. 간편하고 맛있는 한 끼 식사가 된다. 전도 자주 부쳐 먹는다. 비 오는 날에 부치는 감자전, 부추전, 파전, 김치전, 배추전의 맛도 일품이다. 특별한 손님이 오면 칠리가지나 버섯탕수나 고구마맛탕 같은 튀김 요리도 즐겁게 한다. 그 밖에도 텃밭에서 온 쌈채소와 제철 과일을 챙겨 먹으며 지낸다.

한편 복희의 남편이자 나의 아빠인 웅이는 비건을 지향하지 않는다. 우리 집 식탁에는 채식 메뉴와 육식 메뉴가 동시에 올라온다. 복희와 내가 곤드레밥을 먹을 때 그는 근처에서 사 온 돼지고기탕수육을 먹는 식이다. 나는 웅이가 자신의 방식과 속도로 비건에 점점 가까워지기를 바란다. 강요할 수 없고 강요하고 싶지도 않은 일이다. 나도 예전에는 비건을 지향하지 않았다. 언젠가 웅이도 비건을 지향하고 싶어지면 할 것이다. 서로를 이해하는 과정에서 어떤 판단은 보류할 수도 있다. 사랑하는 사람을 천천히 두고 볼 너그러움이 우리에겐 있다. 우리는 식탁에서 즐거운 이야기를 주고받는다.

　　가끔은 이웃들을 만난다. 자주 만나지 않아도 애틋한 마음으로 떠올리는 이웃들을. 그들은 어떤 음식을 맛있게 먹었는지 공유하거나 선물하거나 차려준다. 『따뜻한 식사』의 저자인 강하라와 심채윤이 그렇다. 그들이 나눠준 식재료는 우리 부엌에서 두고두고 요긴하게 쓰이며, 그들의 옥상 텃밭에서 뿌리째 옮겨 온 방아는 우리 집 마당에서 무성히 자라고 있다. 마감으로 이래저래 피로한 나에게 하라가 선물한 식물성 알약들을 먹으면 컨디션의 차이를 확연히 느낀다. 친구를 너무 좋아한 나머지 친구 따라 비건이 된 양다솔은 언젠가 내가 짧은 간병 생활을 했을 때 손수 비건 도시락을 싸 들고 병원에 와주었다. 마포구 주민 혹은 행인들을 위한 비건 맛집 지도를 만들고 배포하기도 했다. 농사 짓는 어른들의 얼굴도 떠오른다. 아파트 계단 청소를 하며 자신의 밭을 일구고 그 밭에서 기른 채소를 선물하는 복회의 엄마 이존자. 그리고 문경에서 버섯과 오이와 고추 등을 기르는 윤인숙. 멀리 있는 그들이 오늘도 해가 뜨고 지는 하루를 겪었을 거라고 생각하면 즐겁게 채식을 지향할 힘이 난다.

　고기를 안 먹는다고 모든 문제가 해결되지는 않을 것이다. 그래도 지금의 고기 생산 과정에 문제가 있다는 것만은 분명하다. 이 앎은 꽤나 치명적이라 우리 안에서 고기라는 말은 결코 전과 같지 않게 되었다. 김선오 시인은 시집 『나이트 사커』에서 고기라는 말에 관해 다음과 같이 썼다.

　고기라니, 너무 이상한 말이다.
　식재료가 되기 이전과 이후의 이름을 굳이 다르게 부르는 경우가 있던가. 양파는 팔리기 전에도 양파라 불리고 땅속에서도 감자는 감자이며 바닷속에서도 미역은 미역이다. 그러나 돼지나 소나 닭은 식재료가 되고 나면 이름 뒤에 고기라는 말이 붙는다. [⋯]
　　"돼지를 먹는다"보다 "돼지고기를 먹는다"가 더 고급 문장으로 취급되는 이유는 그 말이 당장의 식사가 실제로 살아 있던 동물의 사체를 먹는 야만적 행위와 완전히 일치한다는 사실을, 그들로부터 비롯되는 근원적인 양심의 가책을 지우기 때문이다. "고기를 먹는다"는 문장 속에는 오로지 먹기 위해 동물을 탄생시키고 고통 속에 살게 하다 죽인 뒤 가공하는 과정 모두가 은폐되어 있다. 고기라는 단어 자체가 도축의 현장으로부터 인간의 눈을 가리고 동물의 피 냄새로부터 인간의 코를 막기 위해 존재하는 말이라는 것. 고기에는 동물이 부재한다.[4]

나는 동물이 부재하지 않는 고기를 상상해본다. 상상할 수가 없다. 적어도 이 시대에 그런 고기는 없는 것 같다. 그래서 나는 고기 아닌 동물을 상상한다. 공장식 축산이 포획하지 않은 동물의 삶을 상상한다. 그것이 약간 미지의 영역으로 느껴질 정도로 우리는 고기보다 동물을 모른다. 나는 다시 한번 복희의 말을 기억한다.

"이건 동물에 대한 이야기야. 처음부터 다시 생각해야 되는 이야기야."

그런 이야기의 물결이 지금 어느 때보다 절실하다.

2020.11.24

---

4. 김선오, 『나이트 사커』, 아침달, 2020, 98-99면.

목숨을 세는 방식

돼지 한 마리가 죽었다, 라고 쓴 뒤 지우고선 이렇게 다시 써본다. 돼지 한 명이 죽었다. 그러자 문장 속 죽음은 내 안에서 더 크게 덜컹이는 사건이 된다. 두 개의 문장이 당신에게도 다르게 읽힐지 알고 싶다. '명'은 주로 사람의 수를 셀 때에만 사용되어 왔다. 국어사전에 따르면 '마리'는 '짐승이나 물고기, 벌레 따위를 세는 단위'다. 언어 바깥에서나 언어 안에서나 비인간 동물은 인간 동물보다 덜 중대한 존재로 대해진다. 그것이 지금까지의 역사다. 나는 지혜로운 친구들의 말과 글을 따라가다가 이 역사와 이 언어가 몹시 기구하게 느껴졌다. '마리'라는 언어를 명예롭게 할지 아니면 모든 종에게 '명'을 붙일지에 관한 고민은 앞으로도 계속되겠으나 고민을 진행하는 동안에도 새롭게 말해보고 싶었다. 한 마리씩 말고 한 명씩 세면서 글을 쓰고 싶었다. 한 명의 돼지. 한 명의 소. 한 명의 닭.

『경향신문』에 칼럼을 쓸 당시 동물의 수를 언급할 때 '마리' 대신 '명'이라고 표기하곤 했다. 신문사 편집부 선생님들과의 교정 과정에서 금세 '마리'로 고쳐졌다. 표준적인 언어에 대한 합의를 철저히 지키는 신문사의 특성상 하루아침에 새로운 규칙을 적용하기가 쉽지 않았을 거라고 짐작한다. 그러나 시대와 함께 계속해서 갱신

되는 것이 언어이기도 하다. 표준 또한 시간의 흐름 속에서 천천히 새로워진다. 여러 동물권 단체를 중심으로 이미 다양한 말들이 재정의되고 있다. 새삼스럽게 살펴볼수록 일상 속 많은 언어가 종차별적이어서다.

'마리'라는 단위에 대해 『물결』 2021년 여름호에서 한승희는 다음과 같은 대안을 소개한다. 인간 동물에게 적용할 수 없는 단어는 비인간 동물에게도 쓰지 않을 것. '암컷 원숭이 한 마리' 대신 '여성 원숭이 한 명'이라고 쓸 것. 한승희의 글에서 윤나리는 이렇게 말한다. "수를 세는 단위인 '명'은 현재 '名(이름 명)' 자를 쓰지만, 종평등한 언어에서는 이를 '命(목숨 명)'으로 치환해 모든 살아 있는 존재를 아우르는 단위로 확장할 수 있을" 것이라고.

'물고기'라는 말 또한 다시 생각해볼 점이 많다. 그야말로 '물에 사는 고기'를 말하는 단어다. 고기의 사전적 의미는 '식용하는 온갖 동물의 살'이다. 『물결』에 따르면 이 단어에는 "처음부터 살아 있는 존재, 고통을 느끼는 존재의 자리가 없"다. 『물결』의 편집장 계미현은 언어가 은폐하는 착취와 폭력과 억압에 대해 우려하며 이렇게 썼다. "물에 사는 동물이지만 죽기 전까지는 '고기'로 불리다가 죽으면 '생선'으로 변모한다. 살아 숨 쉬는 동물을 '고기'로 부르는 종차별을 지양하기 위해 이 책에서는 '물살이'라는 언어를 쓴다." 그의 말처럼 이미 여러 작가들이 '물고기' 대신 '물살이'를 사용하며 문장을 완성하고 있다. 물에 사는 무수한 생명체를 식용 대상으로 한정 짓지 않는 말이다. 또한 공장식 축산과 공장식 수산을 은폐하지 않는 언어다. 동물해방운동의 선구자 피터 싱어의 『왜 비건인가?』에는 그 밖에도 몇 가지 용어 정리에 대한 설명이 수록되어 있다. 우유 대신 소젖, 달걀 대신 닭알로 표기함으로써 착취한 대상의 실체가 보이게끔 의도한다.

'모부'라는 단어에도 힘을 싣고 싶다. 『왜 비건인가?』는 소와 닭을 중요하게 다루는 책인데, 소와 닭에 관한 착취를 이야기할 때에는 닭알과 소젖 생산을 위한 여성 동물의 착취를 빼놓고 이야기할 수 없다. 『왜 비건인가?』의 역자 전범선·공민은 "이 주제를 논할 때 착취의 직접 대상인 여성이 강조되는 '모부'가 더 적절하다고 보았다. 그렇다고 해서 모든 비인간 동물의 경우 여성이 남성보다 더 착취된다는 것을 의미하지는 않는다"라고 말하며 다음과 같은 문장을 썼다. "종차별뿐만 아니라 성차별의 관점에서도 어째서 '부(父)'가 먼저 오는 것을 당연하게 여기는지 생각해볼 만한 지점이다. 여성에 대한 폭력, 억압, 착취, 지배는 동물에 대한 지배 구조와 유사하며 각각의 지배 구조는 상호작용하면서 강화된다."[5]

이것은 동물을 한 명씩 세다가 시작된 이야기다. 인간 동물인 내 목숨과 비인간 동물인 누군가의 목숨을 나란히 생각할 때 우리가 쓰는 말도 새로워진다. 새로운 언어는 나의 존엄과 당신의 존엄이 함께 담길 그릇이 될 것이다.

2021.08.30

5. 피터 싱어, 『왜 비건인가』, 전범선·공민 옮김, 두루미, 2021, 8면.

동물어가
번역되는 상상

이 시절의 대면은 주로 화면을 통한 경험이다. 코로나 이전에도 오프라인보다 온라인에서 보는 얼굴의 수가 압도적으로 많았다. 동물의 얼굴에 관해서는 특히 그랬다. 인터넷에는 귀엽고 웃긴 동물 영상과 이미지가 범람한다. 동물을 이렇게까지 귀여워하는 시대는 없었다. 한편 동물을 이렇게까지 많이 먹는 시대 또한 없었다. 이 간극을 어떻게 설명할 수 있을까? 그러던 중 유튜브에서 몹시 낯선 영상을 한 편 발견했다. 제목은 '동물심 번역기 (Animal Mind Translator)'.

이 영상의 장르를 20분짜리 SF영화로 분류하고 싶다. 현재 세계에서 실제로 벌어진 일이 아니며 과학기술이 다양한 생을 어떻게 바꾸는지 상상하는 작품이기 때문이다. 작품은 1876년에 그려진 헨리 홀리데이의 삽화를 패러디하며 시작해 과거와 미래를 넘나들며 진행된다. 돼지 몇 명을 중심으로 영화와 정치의 역사를 다시쓴다. 그 세계관에서도 구글 번역기는 건재하다. 다만 아주 중요한 기능이 생겼다. 한국어, 영어, 중국어 등 세계 각국의 언어 목록 사이에서 '동물어'를 선택할 수 있게 된 것이다. 동물어를 추가한 번역기는 과연 어떤 언어를 내뱉을까?

인기 없는 상상을 먼저 시작하며 이 영상을 만든 이

동시[6]는 말한다. "인류 역사에서 '동물심'은 철저히 무시되거나 인간 편의에 의한 해석을 강요받았다. 인간–동물과 비인간–동물 모두에게 신체를 구속받지 않을 권리, 행복을 추구할 권리, 타자의 폭력으로부터 보호받을 권리는 가장 대표적이고 기본적인 욕구이자 권리다. 이를 쟁취하려는 몸짓이 인간과 동물의 행동에 공통적으로 드러난다면, 이 유사성들을 번역할 수 있지 않을까." 그리하여 '동물심 번역기'는 비인간 동물의 정치적 몸짓을 해석하려 시도하는 작품이다.

여기엔 또 다른 장면도 있다. 어느 화창한 날이다. 수십 명의 돼지를 태운 트럭이 도로를 달린다. 도살장으로 가는 길일 테다. 그중 한 명의 돼지가 고개를 들어 트럭 바깥을 본다. 잠시 망설이더니 그는 달리는 트럭에서 뛰어내린다. 도로에 온몸이 내동댕이쳐지지만 그렇게 한다. "나라도 뛰어내렸을 거야." 내가 중얼거리자 나의 친구 계미현 시인이 대답했다. "동물은 자신이 어떻게 죽을지 선택하고 싶어 하는 존재야." 그것은 나에 대한 설명이기도 하다. 돼지를 보며 나는 정치적 몸짓이 무엇인지 이해한다.

---

6. 이동시(www.edongshi.org)는 김한민 작가, 김산하 박사, 정혜윤 피디, 계미현 시인, 정창윤 작가가 주축을 이뤄 만든 창작 집단으로서 '이야기와 동물과 시'를 다룬다. 동물을 '이동하는 시'로 여기기도 한다.

이 실패는 예정되어 있다. 다른 종의 언어를 번역하는 일 말이다. 그러나 그것을 시도조차 안 하는 세계보다는 나을 것이다. 유튜브라는 스펙터클한 바다에서 누군가는 이런 실패에 매달리기도 한다. 더 나은 실패라는 것이 있을 것이므로. '동물심 번역기'의 조회수는 현재 백 회를 조금 넘는다. 백만을 훌쩍 넘는 '힐링되는 동물 영상' 시리즈의 조회수에 비하면 너무나 미약하다. 그래도 나는 상상한다. 영상을 재생하고 20분간 마주하는 사람의 얼굴을. 잊힌 얼굴들을 똑바로 보는 사람의 얼굴을. 한쪽 눈은 과거에, 다른 쪽 눈은 미래에 두는 얼굴일 것이다. 머리와 입의 중간에 마음을 둔 자의 얼굴일 것이다. 몹시 SF적인 아름다움을 그 얼굴에서 본다.

2021.01.18

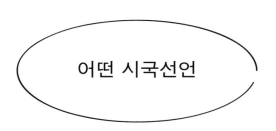

어떤 시국선언

"인간은 죽을힘을 다해 사는 것이 아니라 죽인 힘으로 산다." 『절멸』에 적힌 문장이다. 코로나 바이러스의 원인으로 지목된 박쥐의 입장에서 쓰인 글의 일부를 옮겨 왔다. 여기까지 말해놓고 나는 '박쥐의 입장에서'라는 표현을 몇 번이나 썼다 지운다. 감히 어떻게 대변할 수 있겠는가. 박쥐의 입장을 말이다. 동물을 의인화하려는 시도는 대부분 유치한 실패로 돌아간다. 동물 예능 프로그램의 우스꽝스러운 내레이션처럼 의인화 뒤에 남는 건 동물의 분위기를 이용해 간접적으로 드러낸 인간의 욕망, 더 정확히는 자본의 욕망뿐이다. 이야기에 동물을 등장시킬수록 동물이 아니라 착취의 구조만이 명확해진다. 동물을 침범하거나 괴롭히지 않는 자를 찾기란 어렵다. 우리는 공장식 축산과 수산의 소비자이거나 거대한 동물산업의 관계자이거나 최소한 구경꾼이다.

코로나 시대 1년 차에는 마스크 착용, K-방역, 재난지원금 등의 단어가 매일같이 화두에 올랐으나, 중요하게 빠뜨린 이야기가 있었다. 바이러스의 근본 원인에 대한 이야기, 이 모든 사태를 초래한 우리 자신에 대한 이야기였다. "우리로부터 일상과 만남을 앗아간 건 다름 아닌 우리"라고, 생명다양성재단의 김산하 박사는 말했다. 그리고 덧붙였다. "우리가 먼저 자연 세계의 일상을 빼앗았기에, 동시에 야생동물과 '잘못된 만남'을 가졌기에 초래된 일이다. 코로나19 바이러스가 박쥐에서 천산갑을 거쳐 사람에게까지 오게 된 구체적인 경로가 정확하게 밝혀질 가능성은 거의 없다. 그러나 이것만은 확실하다. 자연 상태에서는 거의 발생할 수 없는 종 간의 만남으로부터 새롭고 무시무시한 질병이 발생한다는 사실, 그리고 그 만남을 폭압적으로 만들어낸 것이 우리라는 사실 말이다."[7]

　　동물 신체의 이상 징후는 우리와 무관하지 않다. 이미 알려진 대로 전염병의 60퍼센트, 새로운 전염병의 75퍼센트가 동물로부터 유래했다는 연구 결과에 주목한다면 팬데믹 시대에 유심히 돌아보아야 할 대상은 바로 동물인 듯하다. 지금껏 해왔던 방식으로 동물과 관계 맺는다면 코로나보다 더 치명적인 질병들이 계속해서 발생할 테니까. 2020년 여름, 창작 집단 '이동시'가 '절멸 시국선언'을 준비한 것은 그래서였다. 이동시는 좋은 의미에서 보수적인 집단이다. 지킬 보(保)와 지킬 수(守)를 조합한 단어로서의 보수라면 말이다. 이동시는 무엇을 지키고 또 지켜야 하는지 고민하며 탈성장, 탈개발, 탈육식을 말한다. 그리고 무엇보다도 탈인간중심주의를 말한

---

7. 김산하, 『살아있다는 건』, 갈라파고스, 2020, 7면.

다. 하지만 이번 제안은 유독 막막했다. 감히, 동물의 대변자로 서는 시국선언이었기 때문이다. 이동시는 나에게 하나의 동물을 선택하라고 했다. 최대한 그 동물로서 말해보기를 시도하라고 했다.

글쓰기에서 내가 가장 좋아하고 어려워하는 부분은 주어를 바꾸는 것이다. 나 말고도 다양한 타자로 문장을 시작할 수 있다는 가능성은 벅찬 감동과 막막함을 동시에 준다. 나는 주로 사랑하는 사람들의 이름을 주어의 자리에 넣으며 글을 써왔다. 동물을 넣어본 적은 단한 번도 없었다. 비거니즘을 실천한대도 그게 동물을 이해한다는 의미는 아니었다. 그것은 불가능한 이야기다. 동물에게는 인간의 언어 이상의 언어가 있다. 우리의 모국어로 가둘 수 없는 소통 방식이 그들에게 있다. 어떻게 그 언어를 대변할 수 있단 말인가. 못하겠다고 포기하려던 차에, 이동시의 제안서가 메일로 도착했다. 제안서의 중반부에는 이런 문장이 적혀 있었다.

작가(만드는 이)는 어떤 존재인가? 경계를 모르는 존재다. 상상하고 이입하는 존재다. 타자되기를 일삼는 족속들이다. 만약 동물들의 존재론적 목소리를 복화(腹話)해줄 인간을 찾는다면, 그 역할을 맡을 주체로서 어떤 부류를 지목하겠는가?

그러자 숙연한 마음이 되었다. 어떻게든 해보기로, 가능한 덜 나쁘게 실패하기로 다짐하게 되었다. 나 아닌 존재, 살아보지 않은 삶, 가보지 않은 장소, 말해지지 않은 이야기를 상상하고 헤아리는 데서 작가의 쓸모가 겨우 탄생한다는 것을 기억했기 때문이다. 그렇게 나를 포함한 수십 명의 작가들이 이 프로젝트에 참여했다. 시인, 소설가, SF 작가, 만화가, 유튜버, 시각예술가, 뮤지션, 프로듀서, 영화 제작자… 없던 것을 있도록 하는 게 직업인 이들이었다.

이들은 의인화의 한계를 알면서 그것을 넘어설 수 있는지 묻기 시작했다. 그리고 웃음기 없이 동물의 자리에 섰다. 의인화가 실패한 곳에서 시작되는 '의동물화'도 있을 것이다. 의동물화 역시 필연적으로 실패다. 그러나 적어도 의인화보다는 멀리 간 실패다. 나는 더 이상 먹지 않는 돼지를 주어의 자리에 쓰기로 결심했다. 돼지는 나를 비건 지향인으로 만든 결정적인 동물이다. 구제역과 아프리카돼지열병으로 어마어마하게 살처분된 종이기도 하다. 용기를 내어 살처분 현장 영상을 찾아보았을 때 한 명의 돼지와 눈이 마주쳤다. 그 얼굴에 서린 불안과 공포와 고통이 무엇인지 알 수 있었다. 같은 자리에 있었다면 나 역시 똑같은 표정을 지었을 것이다. 얼굴을 마주한 순간 돼지와 나 사이의 무수한 공통점을 즉시 알아차렸다. 그러자 더 이상 돼지를 먹을 수 없었다. 돼지를 고기라고 부를 때마다 목에 뭔가가 턱턱 걸리는 것 같았다.

내가 돼지에 대해 쓸 수 있는 말들은 거의 동사뿐이었다. 그의 마음의 풍경에 관해서는 도저히 쓸 수 없었다. 무슨 말을 가져다 붙여도 모자랄 것 같았다. 공장식 축산 현장에서 돼지가 통과하는 이동 동선에 대해서만 겨우 쓸 수 있었다. 어마어마한 수난의 반복 과정이 거칠게 요약되었다. 2020년 8월 20일 세종문화회관 계단에서 나는 다음의 선언문을 낭독했다.

"나 이슬아는 오늘 이 순간 돼지로서 말한다. […] 나는 태어난다. 꼬리가 잘린다. 이빨이 뽑힌다. 나는 갇힌다. 먹는다. 자란다. 빨리빨리 자란다. 다 자라고 나면 뒤돌아볼 수조차 없다. 이곳은 딱 나만 한 크기의 감옥이다. 그곳에 오물이 쌓인다. 나는 더러워진다. 수없이 주사를 맞는다. 그리하여 나는 항생제로 이루어진다. 부작용투성이가 된다. 쇠로 된 창살을 물어뜯는다. 나는 멍해진다. 나는 옮겨진다. 나는 실려 간다. 나는 놀란다.

나는 운다. 나는 죽임당한다. 내 몸은 분리된다. 썰린다. 비닐에 담긴다. 냉동된다. 먹힌다. 온갖 방식으로 먹혀서 당신들의 신체로 간다. 또 다른 나는 산 채로 묻힌다. 나는 수만 명의 나와 함께 땅속에 있다. 나는 썩는다. 나는 아주 천천히 병든 땅이 된다. 내가 묻힌 땅. 내 피로 물든 강. 나를 스친 사람들. 나를 먹는 당신들. 모두 아프게 될 것이다. 내가 이렇게나 아프기 때문이다. 나는 고통의 조각이기 때문이다. 고통이 돌고 돈다. 당신에게서 나에게로. 나에게서 당신에게로."

뒤이어 다른 작가들의 선언문이 이어졌다. 그 선언문들 또한 이런 첫 문장으로 시작하고 있었다. "나 정혜윤은 오늘 박쥐로서 말한다." "나 김하나는 오늘 코알라로서 말한다." "하라, 채윤은 지금 개로서 말합니다." "나 김산하는 이 순간 멧돼지로서 말합니다." "나 홍은전은 오늘 반달가슴곰으로서 말한다." "나 유계영, 이 순간 호저로서 말하지." 그중 소설가 정세랑은 오리의 자리에 서서 다음과 같이 썼다.

우리는 20년을 살 수 있습니다. 20년이면 좋은 친구가 될 수 있는 시간입니다. 우리는 애정을 알고 포옹을 좋아합니다. 우정은 종종 존재하지만, 대부분의 경우 착취가 이 세계의 보편입니다. […] 우리는 사료가 됩니다. 우리를 죽여 먹이는 개와 고양이에게, 당신들은 더 나은 친구입니까? 그 우정마저도 굴절과 왜곡이 아닌지 우리는 죽어가며 궁금해합니다. […] 구덩이를 향해 걷는 우리를 보고 울던 사람들은 마음을 다치고, 마음을 다치지 않는 사람들은 다음 해에 같은 일을 반복합니다.[8]

이런 문장을 마주하면 나는 마음을 다칠 줄 아는 이가 몹시 그리워진다. 작가들은 실패할 것을 알면서 주어를 바꿔 말하고 있었다. 세상 대부분의 일이 '어차피'와 '최소한'의 싸움이기 때문일지도 몰랐다. 어차피 세상은 변하지 않는다고 말하는 이들과 그래도 최소한 이것만은 하지 않겠다고 말하는 이들 사이의 간극을 메우는 말들이 흘러나왔다. 그것은 절멸하지 않고 싶다는 의지였다. 너도 살고 나도 살자는 소망이었다.

나는 '절멸'의 선언들이 '시선을 이동하는 시'처럼 느껴진다. 그런 시가 아주 많이 쓰이는 세상을 상상한다. 동물과 사람을 이렇게까지 구분하지 않던 역사를 찾아본다. 인간중심주의를 벗어나자는 도전장은 역설적으로

---

8. 정세랑 외, 『절멸』, 워크룸프레스, 2021, 32-33면.

가장 인간중심적인 학문인 인류학에서 나왔다고 한다. 인류학의 주의 깊은 연구 대상이었던 아마존 선주민들은 끊임없이 시선을 이동하며 살아가는 자들이었다. 인간과 동물의 경계를 현란하게 넘나들며 타자의 관점을 취하는 데 놀랍도록 익숙했다. 인간이라는 단일 관점에 갇혀 있지 않은 유동적 지성이 이미 과거에 있었다.

이야기와 동물과 시는 세 단어이면서도 하나의 의미라고 이동시는 말한다. 동물은 살아 움직이는 시다. 나는 더 이상 죽인 힘으로 살고 싶지 않다. 살린 힘으로 살고 싶다.

2021.08.02

가짜 해법에
속지 말 것

『향모를 땋으며』는 왁자한 탄생신화로 시작되는 책이다. 여러 종의 동물들이 분주히 움직이며 바람과 물과 진흙을 나른다. 결코 순조롭지 않은 과정인데 어찌어찌 방법을 찾아내는 이들을 보고 있자면 어여쁘고 짠하고 감탄스럽다. 마침 같은 대목을 읽고 있던 친구가 말했다. "이게 무슨 얘기냐면, 세상이 만들어질 때 우리가 서로 도왔다는 얘기잖아." 나는 '정말이네' 하고 새삼 실감한다. 세상이 만들어질 때 우리가 서로 도왔다는 이 간단한 문장이 왜 사무치는 것일까? 서로를 돕는 존재들이 귀해서이다. 그리고 세상은 지금도 만들어지는 중이어서이다.

우리는 내일이 올 것임을 안다. 그 믿음 때문에 오늘이 마지막이라면 결코 견디지 않을 것들을 견디거나 결코 바꾸지 않을 것들을 바꾼다. 기후위기에 대한 움직임도 마찬가지다. 내일과 내일모레, 1년 뒤와 10년 뒤, 30년 뒤를 상상하며 희망하거나 절망하기 때문에 하는 일들이 있다.

2021년 10월 31일부터 11월 13일까지 스코틀랜드 글래스고에서 중대한 회의가 열렸다. 다가올 세상을 만드는 자리라고 할까. 그 이름도 길고 긴 '유엔기후변화협약 당사국 총회'다. 1995년에 시작된 이 총회는 현재까지 26차례 개최되었다. 기후변화 대응은 30년 전부터 이미 세계적인 이슈였으나 탄소 배출량은 50퍼센트 이상 증가해왔다. 지구의 온도가 1.2도 상승한 것만으로도 산불과 가뭄과 홍수가 이상하리만치 잦은 빈도와 거센 강도로 발생했고 기후난민들이 생겨났고 어떤 종들은 사라졌다. 2021년에 열린 COP26에 주목한 이유는 세계 정상들이 모여 탄소 배출량을 얼마나 줄일 것인지 약속하는 자리였기 때문이다. 21세기 말까지 산업화 이전 대비 1.5도 이상 상승하지 않도록, 각국이 2030년까지의 감축 계획을 내놓아야 했다.

비영리 환경단체 멸종반란한국은 COP26을 두고 '2015년 파리협정 이후 가장 중요한 회의'라고 설명했다. COP26이 성공적일지, 과연 1.5도를 지킬 수 있을지에 관해 멸종반란한국은 낙관하지 않는다. 각국 지배자들의 위기의식이 충분하지 않은 데다가 미약한 감축 목표조차 거부하고 있었다. 과학계 역시 현재의 배출 수준이 지속되면 2040년 이전에 1.5도 상승을 넘어설 것이라고 예측한다. 국제적 합의가 이전처럼 미약한 수준에 그칠 가능성을 우려하며, 다양한 국적의 멸종반란 시민들이 운동을 계획했다. 회의가 열리는 기간 중에 세계 각지의 거리에 모여 시위를 전개한 것이다. 비폭력시민불복종을 전제로 나라마다 창의적인 운동을 펼쳤는데 한국의 경우 지구생태학살자를 선정하고 모욕적인 상을 주는 '지구먹방대회 시상식'을 열었다. SK, 한화, 포스코, 두산, 하림 등의 기업과 한국 정부, 유럽연합에 '지구 탈탈 털어먹는 상'을 수여했다. 탁상 위에서 세상의 미래를 쥐락펴락하는 결정권자들에게 절실한 심정으로 보내는 경고이자 도움 요청이다. 나에게 이 일은 우리 부디 서로를 돕자고 강경히 설득하는 움직임으로 느껴진다.

창작 집단 이동시는 '기후위기의 가짜 해법들'에 관해 주목한다. 대부분의 시민들이 자신의 삶을 살기에도 분주하여 충분히 들여다보기 어려운 정보들에 대해 이동시는 취재하고 전달한다. 이동시가 주요하게 꼽는 가짜 해법들은 다음과 같다. 산림파괴청이라는 이름이 더 어울릴 법한 산림청의 벌목 사업과 산림 파괴로 발생하는 온실가스를 줄인다는 명목으로 캄보디아 현지에서 벌이는 레드플러스 사업, 자연 기반 해법이라고 불리지만 실은 탄소중립으로 위장된 자연 착취 해법, 그 밖의 온갖 그린워싱 등….

모두 추출주의(extractivism)에 기반하여 되풀이되는 악습들이다. 기후정의 활동가 김선철의 해석에 따르면 "지구와의 비호혜적인 관계, 온전히 취하는 관계"가 추출주의다. 나무와 화석연료를 비롯한 지구의 자원을 내일이 없는 것처럼 사용하는 태도를 가리킨다. 인간의 편의를 위해 자원을 쥐어짜내는 추출주의는 결국 모든 존재를 대상화하고 위계를 만들어낸다. 계속 성장하고 이윤을 추구하는 과정에서 사람 또한 수단이 되고 모든 것이 시스템으로 움직이게 되는 것이다. 결국 추출주의에 대한 비판은 더 중요한 것과 덜 중요한 것을 구분하는 권력에 대한 문제의식에서 비롯된다.

결정권을 가진 자들이 기후위기에 대해 어떤 입장을 취하는지 보아야 한다. 실현 가능성 적은 탄소중립 계획안을 내놓은 수장들과, 날씨를 두려워할 줄 모르는 예비 수장들의 움직임에서 불길함을 감지해야 한다. 감지하고 지켜보는 이들이 많아지면 아주 함부로는 결정할 수 없게 된다. 누구 혹은 무엇을 더 돕겠다는 우리의 선택과 함께 세상이 만들어지는 중이다. 결코 순조롭지 않을 것이다. 그러나 우리는 방법을 찾아낼 수 있고, 그래야만 한다.

2021.11.01

2부

나 아닌 얼굴들

한여름의 택배 노동자

여름이 더욱 더워진다. 덥다는 말을 예전엔 별생각 없이 할 수 있었다. 이제는 너무 많은 얼굴이 떠오르고 만다. 뙤약볕에서 농사 지어 작물을 보내주는 외할머니. 트럭 몰고 다니며 사시사철 야외에서 일했던 아빠. 여름에 더 많이 소비되는 축산 현장의 닭들, 폭염 때문에 삶의 터전을 잃어가는 기후난민들…. 내 더위의 무게와 그들 더위의 무게는 다르다. 더위는 모두에게 공평하게 오지 않는다.

그중 어떤 얼굴은 친구보다 더 자주 마주친다. 쿠팡 조끼를 입은 사람들의 얼굴이다. 그들과 마주치지 않는 날이 하루라도 있었던가. 화물차에서 내리는 그들을 어느 동네에서나 본다. 그들이 밤낮으로 배송하는 물건은 물류센터로부터 왔다. 물류센터는 상품을 검수하고 분류하는 공간이다. 우리 집으로도 오고 당신 집으로도 갈 택배 상자 수만 개를 그곳의 노동자들이 상차한다. 바로 그곳, 쿠팡 물류센터에 에어컨이 없다는 기사를 보고 우리는 무엇을 느끼는가. 여름철 물류센터의 평균 온도는 30도에서 35도까지 올라간다. 전국에 백 개 가까이 되는 쿠팡 물류센터 중 에어컨이 설치된 작업장은 단 한 곳뿐이다. 4만 명 넘는 쿠팡 노동자들이 에어컨 없는 물류센터에서 일한다. 이 고통을 헤아릴 능력이 우리에게 있지 않나.

2022년 여름, 쿠팡 노동자들의 에어컨 설치 투쟁을 지지하는 신문광고 모금 포스터를 보았다. 쿠팡이 안 하니까 노동자들이 직접 돈을 모으는 중이었다. 미안하고 화나고 걱정되는 사람들이 십시일반으로 돈을 보탰다. 매일같이 쿠팡 노동자를 마주치는 이들의 작은 염치였을 것이다. 하지만 거대 기업의 말도 안 되는 노동 조건을 시민들의 선의로 해결할 수는 없다.

어째서 노동자가 자비로 신문광고를 하면서까지 에어컨 설치를 요구해야 하나. 기업이 했어야 할 일이다. 아무런 장치 없이 폭염 속에서 장시간 노동하고도 상하지 않는 몸은 없다. 산업안전보건법 39조 역시 그에 관한 내용이다. 사업주는 고온과 저온 등에 의한 건강 장해를 예방하기 위하여 필요한 조치를 해야 한다. 그러나 쿠팡은 노동자와의 호소에 형식적으로만 응하고 있다. 에어컨 설치를 강경하게 요구하는 이들을 해고하기도 했다.

냉방이 안 되는 작업장에서 난방이 잘될 리 만무하다. 여름만큼이나 겨울도 견디기 힘들다. 애초에 쿠팡 물류센터는 냉난방 시스템이 충분히 도입될 수 있게끔 지어지지 않았다. 사람이 아니라 물건에 최적화된 장소다. 물건을 나르고 다루는 수만 명의 노동자를 무시해야만 그런 설계가 가능하다. 정치학자 채효정은 자신의 책 『먼지의 말』에서 다음과 같은 문장을 썼다.

> 기술은 힘을 향한다. 그래서 기술은 자본을 향하지 노동자를 향하지 않는다. [⋯] 힘의 기울기가 달라지면 자연히 더 많은 기술이 노동을 향하게 될 것이다. 칼럼에서는 "한국사회의 산재는 기술이 부족해서가 아니라, 기본을 지키지 않아" 일어난다고 적고 있는데, 이는 진실을 다 말하고 있지 않다. 그다음 이야기를 했어야 한다. 기업이 기본을 지키지 않는 건, 기본을 지키지 않아도 괜찮기 때문이다.[9]

그의 말대로 쿠팡이라는 자본은 기본을 지키지 않고도 괜찮아 보인다. 여름에는 고작 얼음물 한 병과 아이스크림 한 개, 겨울에는 핫팩 한두 개 정도를 지원하면서 굉장한 복지인 듯 생색을 내고 광고한다. 그들은 노동자들이 아프거나 다치거나 죽어도 두려워하지 않는다. 냉난방뿐 아니라 복지 시스템 전반이 최악인 이유도 그래서다.

상대가 두려워야만 겨우 존중하는 법을 배우는 자

---

9. 채효정, 『먼지의 말』, 포도밭출판사, 2021, 163-164면.

들도 있다. 어떻게 해야 그들이 노동자를 두려워하는가. 어떻게 해야 노동자의 친구인 소비자를 두려워하는가. 그보다도, 우리는 정말 노동자의 친구인가. 현관 앞에 놓인 택배 상자에서 내 더위보다 더 극심한 더위를 헤아릴 수 있는가. 만나보지 않은 노동자를 상상하고 그들을 위해 움직일 의지가 나와 당신에게 있는가.

'로켓배송'이라고 커다랗게 적힌 상자에서 세계의 진실을 마주한다. 여름과 겨울은 매번 돌아올 것이다. 다음 여름도 이래서는 안 된다. 다음 겨울도 이래서는 안 된다. 공평하지 않은 날씨의 고통 아래 쿠팡이 노동자를 어떻게 대우하는지 지켜봐야 한다. 지켜보는 사람 없이 힘의 기울기는 바뀌지 않는다. 우정도 시작되지 않는다. 쿠팡 노동자만큼 많은 수의 친구를 상상하고 있다. 우리가 소비자일 뿐 아니라 노동자의 동지라는 걸 노동자가 알기를, 쿠팡이 알기를, 그리고 우리 자신도 알기를 희망한다.

2022.07.18

우리 사랑을
아무것도 아닌 것으로
하지 않으리

2021년 2월 어느 오후에 정혜윤 피디와 생방송을 하기로 했다. 나는 진행자로서 그 자리에 갔다. 그의 책 『앞으로 올 사랑』을 소개하기 위함이었다. 이 자리에서 나는 정혜윤을 2020년의 보카치오라고 부를 수 있었다. 흑사병의 비극 속에서 『데카메론』을 쓴 보카치오가 14세기 이탈리아에 있었다면 코로나 시대 한국에는 『앞으로 올 사랑』을 쓴 정혜윤이 있었다. 정혜윤은 『데카메론』의 목차를 오마주하여 책을 썼다. 열 가지 주제에 대한 이야기를 이 시대에 맞게 변주하고 전개했다. 디스토피아 시대에 유토피아적 열정으로 사랑을 말한다는 점에서 두 책은 비슷한 슬픔과 희망을 품었다.

나는 그에게 질문하려 했다. 라디오 피디로서 인수공통 감염에 대해 방대한 취재를 해왔을 텐데, 최근에 공부한 동물 이야기는 무엇이냐고. 그 밖에도 묻고 싶은 것들은 많았다. 미래인지 감수성이란 무엇일까. 기후위기 시대에 진입한 우리에게 당장 필요한 저항은 무엇일까. 끔찍한 세상에서도 끔찍하지 않은 사람이 될 수 있을까. 무엇이 디스토피아를 디스토피아로 만들까. 뉴노멀 뉴로맨스 뉴러브의 모양은 어떨까. 책은 어째서 말을 하는 상처일까.

하지만 그 모든 이야기는 보류되었다. 방송이 시작되고 내가 인사말 서너 문장을 꺼내자마자 정혜윤이 숨도 고르지 않고 대서사시를 펼쳤기 때문이다. 그와 나누려고 했으나 나누지 못한 이야기가 나는 그다지 아쉽지 않다. 내가 전하고 싶은 것은 하나뿐이다. 이날의 생방송에서 들었던 것 중 내게 가장 선명히 남은 이야기.

라디오 피디인 정혜윤은 시사 뉴스 프로그램을 만들면서 지낸다. 그가 자주 하는 질문은 이것이다. '누구의 목소리가 잘 안 들리지?' 더 크게 들려야 하는데 그렇지 못한 목소리는 너무도 많다. 장덕준 씨와 그의 가족들 목소리도 그중 하나다. 장덕준 씨는 쿠팡 칠곡 물류센터에서 물류 작업을 하는 이십대 노동자였다. 그는 퇴근길에 편의점에 들러 여동생에게 줄 간식을 사곤 했다. 마지막 퇴근길에는 웨하스를 샀다. 웨하스를 들고 엘리베이터에 탄 그의 모습이 담긴 CCTV 영상을 훗날 그의 가족들은 몇 번이고 돌려보게 된다.

그는 쿠팡에서 일한 지 1년 4개월 만에 과로사했다. 과로사의 대표적인 유형인 급성심근경색으로 인한 죽음이었다. 그의 근무시간은 주당 평균 62시간 10분이었다. 그는 하루 평균 5킬로그램씩 100개, 30킬로그램씩 40

개의 택배 상자를 날랐다. 일터에서의 걸음 수는 하루 평균 5만 보였다. 1년 사이 체중이 15킬로그램가량 빠졌다. 그는 2020년 10월 12일 새벽 6시, 야간 근무를 마치고 귀가한 직후에 죽었다. 욕조에서 웅크린 채로 가족에게 발견되었다. 부검 결과 근육이 급성으로 파괴되어 있었다. 근육 과다 사용이 주된 원인이라고 질병 판정서는 증언한다.

가족들 사이에서 장덕준 씨는 다정한 아들이자 오빠였다. 그런데 가끔은 아버지와 부딪히기도 했다. 아버지는 뉴스에 세월호 이야기가 나오면 욕을 하는 사람이었기 때문이다. 저 사람들은 아직까지도 저러느냐, 이제 그만할 때도 되지 않았느냐. 그런 아버지에게 장덕준 씨가 물었다. 아버지, 제가 죽어도 그렇게 말씀하실 거예요?

장덕준 씨가 죽고 그의 부모는 단 한 번의 호흡도 편하게 할 수 없게 된다. 숨 쉬는 것이 어려워져버렸다. 그들은 아들의 질문을 잊지 못한다. 이제 그 물음에 진짜로 대답해야 한다. 장덕준 씨의 아버지 장광 씨는 국회로 간다. 아들의 이름이 적힌 피켓을 들고 간다. 함께 세월호 유족들을 욕했던 아버지의 친구들도 그를 따라간다. 세월호 유족들이 섰던 자리에 그들이 선다. 아들의 일터

였던 쿠팡 물류센터에도 함께 간다. 물류센터의 모든 노동자가 그들 눈에는 또 다른 자식처럼 보인다. 국회에서, 그리고 물류센터 앞에서 그들은 누구도 다시는 이렇게 죽으면 안 된다고 말하며 현수막을 펼친다. 그들의 현수막에는 적혀 있다. 덕준이의 친구들이 일하고 있다고.

장덕준 씨의 어머니 박미숙 씨는 방송국으로 간다. CBS 라디오 〈뉴스 업〉 녹음실에 앉아 떨리는 목소리로 아들의 말을 전한다. 죽기 얼마 전 장덕준 씨는 이렇게 말했다. "우리는 도구예요. 우리는 쿠팡을 상대로 절대 이길 수 없어요." 박미숙 씨에게 이 말은 아들이 주고 간 숙제다. 박미숙 씨는 온 힘을 다해 중대재해법을 이야기한다. 아들에게 대답할 수 있으려면 이렇게 슬픈 일이 또 일어나지 않도록 모든 것을 총동원해야 하니까. 부부는 쿠팡 측 관계자에게 수없이 대면 요청을 한다. 아무리 말해도 만나주지 않아서 무릎을 꿇어가며 요청한다. 쿠팡은 과로사를 인정하지 않는 태도를 보인다. 유족들에게 필요한 자료도 내어주지 않는다. 실효성 없는 대책만을 내놓는다.

또 다른 날, 장광 씨는 음성 파일 하나를 들고 라디오 초대석에 앉아 있다. 아들의 핸드폰에 녹음되어 있던 음성 파일이다. 어느 날의 아들이 반주도 없이 흥얼거린 그 노래의 제목은 〈너에게 닿기를〉이라고 한다. 음성 파일에서는 미세하게 바람의 소리가 난다. 아마도 집 바깥인 것 같다. 나는 이제 세상에 없는 장덕준의 목소리를 듣는다. 부드러운 가성과 약간의 콧소리가 섞인 음성이다.

어렵고 힘들었던 시간을 넘어서
아주 많은 처음을 주었잖아
이어져 가서는 닿기를

그의 노래는 전파를 타고 여러 사람의 귀로 흐른다. 라디오 피디로서 정혜윤은 이런 방송을 만든다. 이 소리들이 녹음되던 스튜디오가 정혜윤이 매일 서 있는 자리다. 그는 이런 이야기들을 죄다 외우고 있다. 장광 씨와 박미숙 씨를 비롯한, 잘 들리지 않는 사람들의 이야기를 토씨 하나 틀리지 않고 전한다. 그렇게 전할 수 있는 이야기가 수백 개쯤 그의 머릿속에 담겨 있고, 걸으면서도 그것들을 생각하느라 골똘하다. 그러느라 매번 길을 잃어버리는 그를 나는 이해할 수 있다. 그에게 들은 이야기를 이제는 내가 외운다.

정혜윤은 아주 소중한 것을 잃은 사람들이 슬픔으

로 해내는 일들에 대해 늘 주목해왔다. 모든 유족들은 말한다. 이런 일이 반복되지 않으면 좋겠다고. 2021년 1월 11일, 비슷한 장소인 쿠팡 동탄 물류센터에서도 오십 대 여성 노동자가 비슷한 이유로 죽었다. 같은 문제가 반복되고 있기 때문에 유족들은 그만 말할 수가 없다. 그 말을 듣는 우리는 허무할 겨를이 없다. 해야 할 일이 분명한 사람들은 결코 허무하지 않다. 누구도 그렇게 일하다 죽어서는 안 되기 때문이다. 앞으로 와야 할 사랑에 관한 이야기다.

우리의 사랑 이야기에 무엇이 빠져 있는가? 우리의 사랑에 무엇이 없어서는 안 되는가? 너를 위한 나의 변신이다. 나는 너를 위해 나를 바꿀 것이다! 이 어려운 것을 해내는 것이 사랑의 놀라운 힘이다.[10]

유족들은 너를 위한 나의 변신을 해내는 중이다. 장덕준 씨가 노래했듯 '아주 많은 처음'을 겪으며 자신을 바꾸는 사람들이다. 우리는 유족들의 이야기를 듣는다. 듣지 않았다면 결코 얻을 수 없었을 시선을 지닌다. 생방송에서 정혜윤은 키츠의 시에서 한 문장을 들려주었다. "우리 사랑을 아무것도 아닌 것으로 하지 않으리." 그것

---

10. 정혜윤, 『앞으로 올 사랑』, 위고, 2020, 77면.

은 슬픔과 죽음이 아무것도 아니지 않은 미래를 꿈꾼다
는 말과도 같다. 아직 오지 않았으나 와야만 할 미래다.
사랑으로 가슴 아픈 사람들, 이들의 이야기들을 진정으
로 듣는 사람들이 그 미래를 오게 할 것이다.

2021.02.20

이주여성이
마이크를 들었다

당신에 대해 알게 된 사실을 나열해보겠다. 당신은 무례한 질문을 자주 받는다. 당신의 가족과 나라가 얼마나 가난한지. 당신이 번 돈 중 얼마를 원가족에게 송금하는지. 어떤 사람은 초면임에도 불구하고 당신에게 반말로 말을 건다. 당신은 새 가족에 편입되면서 원래 가지고 있던 이름을 잃는다. 당신은 낯선 기후와 낯선 음식에 적응해야 한다. 낯선 한국어에 적응하는 일에 비하면 그것은 비교적 쉬운 일이다. 짐을 푼 곳에서 당신의 모국어는 배제된다. 당신은 며느리가 되고 높은 확률로 엄마가 된다. 아이는 주로 한국어만을 배운다. 집 안에서든 집 밖에서든 당신 빼고 모두 한국어를 쓰기 때문이다. 당신은 아이에게 말해주고 싶다. 당신에 대해. 이 나라와 저 나라에 대해. 그리고 삶이라는 것에 대해. 더 잘 말해주고 싶은데 그러기가 어렵다. 주양육자임에도 불구하고 아이와 깊은 대화를 나눌 수 없는 건 당신의 커다란 슬픔 중 하나다. 당신은 노동한다. 집 안팎에서 장시간 고강도로 일하지만 당신이 가정의 경제권을 쥐거나 재산을 모을 확률은 희박하다. 당신은 둘 중 한 명꼴로 가정폭력을 겪는다. 폭력 뒤에 남편이 하는 말 중 하나는 이것이다. "너네 나라로 돌아가."

당신은 이주여성이다. 이주를 결심할 때 이런 일상

을 상상한 것은 아니었다. 국가인권위원회가 발표한 자료에 따르면 2018년 기준 결혼이주여성의 42.1퍼센트가 가정폭력 경험이 있다고 응답했다. 이 수치는 이주민이 아닌 여성의 가정폭력 경험보다 세 배나 많다. 국제결혼 광고나 〈다문화 고부열전〉 따위의 예능 프로그램으로는 당신에 관한 진실이 결코 드러나지 않는다. 당신이 누구인지, 이주여성이라는 정체성이 진정으로 어떤 모습인지 배운 건 한 권의 책을 통해서다. 책의 제목은 다음과 같다. '어딘가에는 싸우는 이주여성이 있다'.

이주여성은 한 사람이 아니며 하나의 얼굴일 수 없다. 그러나 언론에서는 엇비슷한 모습으로 소개하고 소비해왔다. 고분고분하거나, 어눌하지만 선하거나, 지나치게 성실하거나, 아니면 도망치는 자의 모습이었다. 이들 중에서는 도망치지 않고는 견딜 수 없는 구조 속에 사는 사람도 있다. 제국주의와 가족주의와 가부장제가 뒤엉킨 그 뿌리 깊은 구조로부터 어떻게 해방될 수 있을까. 이렇게 살고 싶지 않은 여자들이 움직이기 시작했다. 『어딘가에는 싸우는 이주여성이 있다』는 그런 이들의 목소리가 산과 논과 밭을 넘어 읍내와 도시와 국경 너머까지 우렁차게 울려 퍼지는 책이다. 옥천신문의 기자였던 한인정 작가가 심층 취재하여 책을 썼고, 옥천에 위치한

포도밭출판사에서 펴냈다. 주인공은 옥천군 결혼이주여성협의회를 만들고 이끄는 이주여성 당사자들이다.

내가 이 책을 사랑하는 가장 커다란 이유는 슬퍼서도 아니고 화가 나서도 아니고 연민이 들어서도 아니다. 나는 싸우는 이주여성들이 너무 멋있어서, 그들의 말을 받아 적고 싶을 만큼 멋있어서 이 책을 사랑하고 존경한다. 수많은 문장에 밑줄을 그었지만 제일 좋아하는 일화 하나만을 소개하겠다.

2022년 6월 1일 지방선거를 앞두고 옥천군에 사는 이주여성들이 모였다. 후보자들이 내놓은 정책 공약 중 이주여성을 위한 내용은 부재했기 때문이다. 제대로 된 사무실 하나 없었던 그들은 방 한편이나 깻잎하우스에 모여 자체적인 논의를 시작했다. 자신들의 권리를 공부하고 필요한 지원 목록을 작성하면서 기자회견을 준비한 것이다. 직접 마련한 기자회견장에 후보자들을 초대한 옥천의 이주여성들은 한국어로 또박또박 말했다.

당신들이 제시하는 '옥천의 밝은 미래'에 우리들의 삶은 있습니까? 우리 없이도 좋은 옥천 가능하시겠습니까? 우리의 요구는 이주민 관련 조례 제정, 이

주민센터 설립, 이주민 복지정책 마련입니다. [⋯] 우리는 사회적 약자로서, 함께 연대하며 지역의 문제를 바꿔나가는 주체로 서고자 합니다.[11]

이주민이 행복한 옥천을 공약한다면 우리가 당신을 지지하겠다고 그들은 선포한다. 그들의 모국어가 아닌 한국어로, 그들을 외롭고 답답하게 했을 한국어로 말이다. 그들의 지성과 기개에 비해 후보자들의 대답은 궁색하고 모자란다. 이에 이주여성들은 반박한다. 우리 앞에서 출산율을 이야기하지 말라고. 누군가에게 소속된 존재로 취급하지 말라고. 며느리나 아내나 엄마의 역할로 축소하지 말라고. 그들은 자신을 일방적으로 가르쳤던 어제의 한국 사회와 작별을 고한다. 내일의 한국 사회에 자신들을 가르치기 시작한다.

나는 이 기자회견 장면을 몇 번이고 다시 읽는다. 좋아하는 드라마를 눈물 훔치며 정주행하듯이. 싸우는 이주여성은 내가 두 주먹 불끈 쥐며 응원하는 주인공들이다. 그들의 연대 범위는 점점 더 넓어지는 동시에 촘촘해지고 있다. 이주민의 삶이 그들의 목소리를 통해 이 나라에 명징하게 떠오르는 것을 본다.

---

11. 한인정, 『어딘가에는 싸우는 이주여성이 있다』, 포도밭출판사, 2022, 100-102면.

눈 밝은 어느 독자를
생각하며

마음의 눈으로 보라는 이야기 같은 거 되게 싫어한다고 성은 씨는 말했다. 그 말은 시각장애인인 성은 씨와 친구들 사이에서 농담거리가 된다. "마음의 눈으로 보지 그래?" 그들은 서로를 놀리고 웃는다. 성은 씨는 앞도 뒤도 위아래도 볼 수 없지만 눈이 어둡다는 표현은 그에게 적절하지 않다. 성은 씨의 세계는 오히려 사방이 환한 느낌에 더 가깝다. 그는 형광등처럼 하얗게 밝은 시야 속에서 살며 밤에도 불을 켜지 않고 집 안을 거닌다. 그에게 빛이란 소용없는 무엇이다. 하지만 전맹으로 살아가는 성은 씨도 매일의 날씨를 알아차리고 대화를 건넨다. "오늘은 피부에 볕이 많이 닿네요", "오늘은 날이 흐리네요. 바람도 축축하고요". 그건 날씨를 만지며 감각하는 사람의 언어다.

성은 씨에게는 고도로 발달된 청각과 촉각이 있다. "아유, 지금이 낮인지 밤인지 도통 모르겠다"고 농담하며 웃지만 사실 밤낮을 명확하게 감지한다. 그는 밤을 좋아한다. 밤은 소음이 줄어드는 시간이다. 눈을 감듯 귀를 감을 수는 없어서 듣기 싫어도 들어야만 했던 소리들이 잠잠해진다. 그런 시간에 성은 씨는 책을 읽는다. 정확히는 책을 듣거나 만진다. 책들은 대체로 예의 바르게 말하는 것 같다고 그는 생각한다. 그의 아빠는 인쇄소에서 일했다. 그가 아직 약시였을 때, 그러니까 완전히 실명하기 전이었던 어린 시절에 아빠는 교과서를 크게 확대해서 인쇄한 뒤 제본해주었다. 시력이 약해지는 딸을 위해 큰 책을 만드는 인쇄소 직원을 상상하면 나는 내가 몸담은 출판업계를 더욱 애정하게 된다. 시간이 흘러 전맹에 가까워지자 성은 씨는 점자 읽기를 훈련했다. 문장들이 그의 손끝으로 흘러들어왔다. 어른이 된 그는 유창하게 외국어를 구사하듯 점자책을 훑는다.

백 번 듣는 것보다 한 번 만지는 게 낫다고 성은 씨는 말한다. 그는 이료 교사다. 안마, 지압 등의 수기 요법을 전문적으로 배웠고 가르친다. 의식적으로 손을 쉬게 해야 할 만큼 손으로 해내는 일이 많다. 함께 걸을 때 나는 오른쪽 팔꿈치를 그에게 건넨다. 그가 왼손으로 내 팔꿈치를 잡으면 내가 반보 앞서서 먼저 출발한다. 우리는 천천히 동행한다. 나는 묘사에 충실한 소설가처럼 말하며 걷는다. "1미터 앞에 낮은 턱이 있어요. 그다음엔 뾰족한 자갈밭이 이어져요. 우리는 나무 쪽으로 갈 거예요. 진녹색 이파리가 무성한 나무예요. 저는 비둘기색 원피스를 입었어요." 그와 걷다 보면 거리의 모든 색과 굴곡이 새삼스럽다. 성은 씨는 훈련된 청각과 촉각을 동원하며 울퉁불퉁한 세계를 횡단한다.

언젠가 성은 씨가 나의 글을 점자 프린터로 인쇄해서 손으로 만지며 낭독해준 적이 있다. 글쓰기가 독자에게 장면을 바치는 일이라는 사실은 나에게 점점 더 절절해진다. 나는 종이책을 사랑하여 출판사를 차렸지만 이젠 종이책과 전자책을 동시에 출간하기 위해 애쓴다. 시각장애인을 위한 대체 텍스트는 이동권만큼이나 중요하다. 어디든 언어 없이는 가볼 수 없는 곳들투성이다. 언어에서 멀어지면 타자와 멀어지고 자기 자신과도 멀어지게 된다. 그것은 세계와 멀어진다는 말과도 같다.

'기다린다'라는 동사를 빼고 그의 독서 일대기를 설명할 수 있을까. 시각장애인은 비장애인처럼 모든 책에 접근할 수 없다. 읽고 싶은 책을 읽기 위해 그는 기다려야 한다. 음성 지원이 가능한 전자책 혹은 점자책으로 제작될 때까지. 언어 특성상 점자책은 같은 내용도 묵자책보다 두꺼운 분량이 된다. 소장도 보관도 쉽지 않다. 성은 씨가 도서관을 애용하며 살아온 건 그래서다. 그러나 시각장애인을 위해 점자화되는 책은 일부다. 신청해도 몇 달이나 걸린다. 그런 점에서 전자책과 웹소설 시장의 발전은 고무적이지만 훌륭한 콘텐츠와 기기가 출시되어도 여전히 제약이 많다. 앱 내 결제 과정 또한 시각장애인 혼자 해내기가 어렵다고 한다.

장애인 정보 접근성은 기술의 발전 속도만큼 좋아지지 않았다. 창작자와 개발자가 더 많은 시각장애인을 만나야 하는 이유다. 존중은 '마음의 눈' 같은 말로는 구현되지 않는다. 성심성의껏 대체 텍스트를 마련하는 게 비장애인이 할 일이다. 우리에게 남은 일은 죽을 때까지 다른 언어를 배우고 헤아리는 것이다. 언어란 모두에게 영원한 슬픔이자 기쁨이므로. 맹인을 위한 이야기는 더 충분해져야 한다. 눈 밝은 나의 동료 성은 씨와 닮은 독자가 여기저기에 살아 있다는 사실을 잊지 않은 채로 책을 만들겠다.

2022.06.20

인터뷰하는 마음

긴 원고의 교정을 보며 지내고 있다. 지난 2년 동안 새로 쓴 인터뷰를 모아 책으로 엮는 중이다.[12] 에세이집을 완성할 때보다 훨씬 더 많은 시간과 체력을 쓰게 된다. 그렇게 품을 들이면서도 인터뷰라는 장르의 한계를, 나의 한계를 느끼고 만다. 누군가가 자기 자신에 관해 들려주는 이야기가 늘 진실과 가깝지는 않다. 인터뷰를 당하는 것에 능숙한 사람은 능숙한 대로, 서툰 사람은 서툰 대로 진실과 먼 대답을 늘어놓곤 한다. 논픽션 글쓰기의 대가인 존 맥피는 『네 번째 원고』에서 이러한 심경을 밝혔다.

> 내가 누군가와 함께 있고 인터뷰를 시도하는 상황에 놓인다면, 차라리 카프카와 함께 천장에 붙어 있기를 간절히 소원할 것이다. 나는 책상을 사이에 두고 사람들과 이야기하기보다는 그들이 평소 하는 일을 관찰하는 편이 훨씬 더 좋다.[13]

나 역시 비슷하게 느낀다. 두 시간 내내 어떤 사람과 마주 보고 질문과 대답을 주고받는 것보다 그의 일터 구석에 있는 듯 없는 듯 앉아서 그를 바라보고 기록하는 게 더 효과적인 접근일지도 모른다. 어쨌거나 우리는 누군가의 삶을 첫눈에 알아볼 수 없다.

---

12. 이 원고는 2021년 '새 마음으로'라는 제목으로 헤엄출판사에서 출간되었다.
13. 존 맥피, 『네 번째 원고』, 유나영 옮김, 글항아리, 2020, 162면.

그럼에도 불구하고 인터뷰라는 형식으로 누군가를 만나는 건 질문하고 경청해야만 알게 되는 이야기가 아직도 무궁무진하기 때문이라서다. 인터뷰란 "나는 잘하고 싶지만 잘 모른다"는 마음으로 출발하는 작업이다. 당신에 대해 잘 모르는, 그래도 꼭 당신의 중요한 이야기를 잘 알아듣고 싶은 내가 인터뷰를 하러 간다. 빛나는 동료 창작자들과 예술가들도 만나지만 그만큼이나 공들여 준비하는 만남은 알려지지 않은 사람과의 인터뷰다. 뉴스에도 없고 SNS에도 없는 사람. 너무 많은 말을 읽거나 듣거나 내뱉지 않는 사람. 마이크를 넘기면 무슨 말부터 해야 할지 모르는 사람. 나보다 먼저 태어나 묵묵히 살아가는 사람. 그런 이들을 향한 질문지를 준비한다.

지난해 여름에는 1940년대에 태어난 존자 씨와 병찬 씨를 만났다. 그들은 나의 외조부모다. 아파트 계단 청소 노동자로 일하는 존자 씨가 충청도 사투리로 나를 타박했다. "근디 뭔 할무니 할아부지를 인터뷰한다고 그르냐. 우리는 아무것도 모르는 멍청이여!" 스스로를 멍청이라고 말하는 사람과의 인터뷰는 세 시간 동안 이어졌다. 노동의 역사와 사랑의 역사와 고통의 역사와 한국 근현대사가 아무렇지도 않게 그들 입에서 흘러나왔다. 이야기를 듣는 동안 나는 너무 많이 웃어서 광대뼈가

욱신거렸고 때로는 마음이 아파서 목에 돌이 박힌 것처럼 아무런 추임새도 할 수가 없었다.

비슷한 나이의 순덕 씨를 만난 봄에는 커다란 고통의 세계의 일부를 전해 들었다. 순덕 씨는 이대목동병원 응급실에서 27년간 청소를 해온 노동자다. 사건과 사고와 참말과 거짓말과 바이러스가 난무하는 코로나 시대에도 누군가는 계속 청소를 하고 있다. 그들이 치워놓은 자리에 겨우 다음 환자가 온다. 그러므로 청소는 소중한 미래를 마련하는 노동인데 응급실 청소 노동자의 인터뷰는 아직 어디에서도 읽어보지 못한 것 같았다. 그들 중 한 명의 얼굴과 이름이라도 알고 싶었다. 그렇게 만난 순덕 씨는 응급실 청소 기술의 디테일을 나에게 들려주었다. 어떤 풍경 속에서 어떤 사연을 목격하며 일하는지, 아무리 반복해서 보아도 고통과 죽음에는 왜 담담해지지 않는지, 출퇴근 전후로 어떤 삶을 사는지도 들려주었다. 자신의 삶을 강타한 불행을 조심스레 꺼내놓기도 했다. 인터뷰 말미에 순덕 씨는 이렇게 말했다. "사는 게 너무 고달팠어요." 그리고 이렇게 덧붙였다. "그래서 나보다 더 고달픈 사람을 생각했어요." 이 두 문장이 나란히 이어지는 게 기적 같다고 나는 적었다. 고달픈 나와 고달픈 당신 사이에는 망망대해가 펼쳐져 있다는 걸 안다. 그 사이를 부지런히 오가는 사람의 강함을 순덕 씨 얼굴에서 본다.

응급실이 아닌 밭 위에서 오랜 노동을 해온 농업인 인숙 씨도 있다. 식탁에 오른 채소들의 경로를 되감기 하다가 만나게 된 사람이다. 인숙 씨를 찾아가자 그는 내가 매일같이 먹는 버섯과 오이가 어떻게 시작되어 자라고 식탁에 오르는지 알려주었다. 사고로 비닐하우스에 불이 나 모든 작물이 다 타버린 해에도 왜 누워 있을 수만은 없었는지 이야기해주었다. 용기를 잃지 않는다는 게 무엇인지도. 인터뷰에서 그는 '새 마음'이라는 표현을 썼다. 뭐든지 새 마음으로 해야 한다고, 자꾸자꾸 새 마음을 먹어야 한다고 강조했다. 소중한 일을 오랜 세월 반복해온 사람의 이야기였다.

종종 헌 마음으로 글을 쓰는 나를 떠올렸다. 이런 사람들을 만나고 나면 글쓰기라는 게 혼자 하는 일이 아닌 것 같다. 내 질문에 대답해준 사람들의 도움으로 완성하는 게 글쓰기 같다. 그러므로 생소한 얼굴들에 대한 궁금함을 죽을 때까지 간직하고 싶다. 당신은 어떻게 해서 이런 당신이 되었냐는 질문을 멈추지 않고 싶다.

2021.07.05

깊게 듣는 사람

"너도 들었어?" 이것은 앞으로도 반복하고 싶은 말들 중 하나다. 정혜윤의 책 『마술 라디오』에는 이런 문장이 쓰여 있다.

> 방송을 하다가 너무 좋은 말이 나오면 후배를 바라 봐. 그리고 이렇게 물어봐. "너도 들었어?" 그럼 후 배는 말없이 고개를 끄덕여. 그때는 정말 그것으로 족해. 그럴 수 있기를 바라. 아주 깊게 대화를 나눌 수만 있다면, 아주 깊게 들을 수만 있다면, 아주 깊 게 말할 수만 있다면….[14]

너무 좋은 말을 들어서 옆사람을 바라볼 수밖에 없 었을 그의 얼굴은 눈 감고도 그릴 수 있다. 그는 속으로 물었을 것이다. '방금 이 이야기, 너도 듣고 있었지? 너도 놀랐어? 너도 이 순간을 잊지 않을 거야?' 인터뷰 현장에 서 나도 종종 비슷한 표정을 지었던 것 같다. 내 옆에 선 이들은 주로 동료 사진가들이었다. 그들은 질문하는 나 와 대답하는 인터뷰이 사이에서 조심스레 인터뷰의 풍경 을 담는다. 대화의 흐름을 방해하지 않으며, 카메라 렌 즈가 인터뷰이를 긴장하게 하지 않도록 주의를 기울이 며 움직인다. 진정으로 듣고 있는 사진가들만이 그렇게

---

14. 정혜윤, 『마술 라디오』, 한겨레출판, 2014, 56면.

일한다는 걸 안다. 사진가가 지닌 겸손과 존중의 능력에 힘입어 작가는 인터뷰 원고를 완성한다. 그렇게 만든 책이 『새 마음으로』이다. 『새 마음으로』는 나의 아홉 번째 책이고 세 번째 인터뷰집이다. 지금까지 만든 책 가운데 가장 아름다운 물성을 지녔다.

의도한 만큼 아름다우려면 책을 인쇄하기 전 인쇄소에서 감리를 봐야 한다. 감리를 보는 날엔 인쇄기를 다루는 기장님과의 만남을 생각했다. 인쇄소 기장님 중 귀에 솜털이 없는 분들이 더러 계신다. 마을버스보다 커다랗고 기차보다 시끄러운 인쇄기의 소음으로부터 청력을 보호하고자 수시로 귀마개를 끼기 때문이다. 매일같이 귀마개를 끼워 넣으면 귓구멍이 넓어지고 솜털도 사라진다고 한다. 누군가가 그런 소음 속에서 약속을 지키며 일한 결과, 내가 쓴 글은 겨우 책이 되어 세상에 나온다. 기장님을 인터뷰하고 돌아온 저녁에 나는 배운 것을 받아 적듯이 이렇게 썼다.

"감리 직전까지 데이터를 살피고 또 살피던 작가와 편집자와 디자이너들은 인쇄기에 손을 대고 기도를 하기도 한다. 잘 부탁드린다고. 무탈히 책이 나오도록 도와달라고. 나는 그 장면을 볼 때마다 뭉클해지지만, 아마도 그건 기계를 잘 모르는 이들의 기도일 것이다. 어떤 일이 자기 손을 떠나서 할 수 있는 게 더 이상 없을 때 올리는 게 기도이기도 하니까. 기계를 아는 기장님들은 차분하게 묵묵히 조작할 뿐이다. 그때부터는 모든 게 기장님들의 손에 달렸다."

내가 직접 하지 않는 노동으로 내 삶이 굴러간다는 사실이 자주 새삼스럽다. 오랫동안 어떤 일을 해온 어른들을 인터뷰한 것은 그래서다. 내 생활 반경 안쪽만 살펴봐도 그런 어른은 여러 명이었다. 옷 수선집 사장님, 아파트 계단 청소 노동자, 응급실 청소 노동자, 농업인, 인쇄소 기장님, 공장의 경리 선생님…. 누구의 주변에나 있을 법한 노동자인 동시에 유일무이한 개인인 그들을 '이웃 어른'으로 소개하고 싶었다. 모두 책에 등장하는 경험이 처음인 인물들이다. 자신같이 평범한 사람이 책에 나와도 되냐고 물었던 인물들이다. 그런 어른들의 일과 삶에 대해 듣고 인터뷰집을 만든 뒤 책을 알리러 이곳저곳을 다닌다. 이때의 마음은 에세이집을 홍보할 때와는 어딘가 다르다. 나는 나의 에세이집이 갈수록 내게서 멀어지기를 바라며 내 얘기를 한다. 내가 나를 반복하는 게 지겹기 때문이다. 반면 내가 만난 이들에 관한 책을 소개할 때에는 조금 더 열렬하게 말하는 사람이 된다. 자세히 들었으니까.

"한번은, 농사 지으시는 인숙 씨의 오이 하우스에 크게 불이 났대요. 다음 주면 수확할 수 있는 오이들 수백 개가 조롱조롱 매달려 있는데, 그게 다 타버린 거예요. 인숙 씨는 도저히 힘이 안 나서 일어날 수가 없었대요. 그때 동네 사람들이 다 찾아와서 인숙 씨한테 거듭 말했대요. 용기 잃지 마세요. 용기 잃지 마세요…. 어떤 분들은 몇만 원씩 든 돈 봉투를 쥐여주시고, 어떤 분들은 하우스 보수를 도와주셨대요. 그래서 인숙 씨가 누워 있을 수가 없었대요."

그 일을 같이 겪지 않았지만 인숙 씨의 이웃처럼 그 얘기를 전한다. 이때의 나는 아무도 아닌 동시에 여러 명이다. 인터뷰를 하면 할수록 다른 이의 이야기가 내 얘기처럼 외워진다. 남의 이야기들로 내가 가득 찬다. 나는 스스로를 이런 식으로 채우고 싶다. 나 아닌 얼굴들을 독자의 마음속에 그리고 싶다. 그건 계속해서 깊게 듣고 싶다는 의미다. 깊게 들어서 깊게 말하고 싶다는 의미다.

———————
2021.12.27

슬픔을 모르는 수장들

국정감사와 함께 가을이 지나가고 있다. 국감의 대화는 일상적이거나 직관적이지 않다. 일반 시민들이 한 번에 이해하기 어려운 전문용어와 통계자료들로 이루어져 있다. 그러나 바로 그곳에서 시정된 것들이 우리 일상을 쥐락펴락한다는 걸 이제는 안다. 그러므로 시간 내서 국감 영상을 챙겨 본다. 우위를 가리기 어려울 정도로 절박한 문제들이 테이블 위에 오른다.

국정감사 영상에서 내가 감지하는 것은 일종의 매너리즘이다. 날 선 어조로 공수를 주고받기는 하나 그들은 이런 자리에 익숙해 보인다. 대부분 크게 흔들리지 않은 채로 길고 긴 문답을 이어간다. 그것을 이성과 평정심 혹은 프로 의식이라는 말로 일축할 수 있다면 나도 좋겠다. 하지만 이런 의문이 드는 것이다. 이 시각 국감에 모여 앉은 저 어른들에게 떠오르는 풍경이 있을까? 텍스트와 숫자 말고, 얼굴과 장면 말이다. 어떤 정책을 거론할 때마다 가슴을 아프게 하는, 단어마다 자꾸 걸려 넘어지게 하는 누군가가 그들 마음속에 있을까? 만약 있다면 그들이 내뱉는 문장은 지금보다 생생하게 될 것이다. 나는 '진짜 질문'과 '진짜 대답'을 그리워하며 국회방송을 시청한다.

길고 긴 국정감사 중 잊을 수 없는 장면 하나를 독자들과 나누고 싶다. 2022년 10월 7일 국회 기획재정위원회가 한국은행을 대상으로 한 감사였다. 장혜영 정의당 의원이 이창용 한국은행 총재에게 가계부채에 관해 질의했다. 현재 한국은 가계부채비율이 2백 퍼센트가 넘은 나라다. 부채는 증가됐고 상환 능력은 악화됐다. 반면 취약계층을 위한 사회안전망은 탄탄하지 않다. 한국의 복지 지출은 OECD 국가 평균의 절반가량이고, 코로나 시국에도 재정지원보다는 금융지원으로 일관했다. 쉽게 말해 정부는 빚내서 버티라는 입장이었다. 그 와중에 금리가 올랐다. 이창용 총재도 이러한 상황을 인지하는 것처럼 보인다. 한국은행이 9월에 발표한 금융안정상황 보고서에는 이런 문장이 적혀 있다. "다만 저소득 가구의 부담은 상대적으로 클 것이다."

장 의원은 이 총재에게 다른 자료를 제시한다. '대출나라' 사이트를 분석한 자료다. 대출나라는 대부업체를 연결해주는 여러 플랫폼 중 하나다. 경제적으로 취약한 이들이 급전을 빌리기 위해 이용한다. 한 달에만 무려 1만 2천 건의 게시글이 올라온다. 신규 글은 점점 더 늘어나는 추세다. 자료를 내밀며 장 의원은 말한다.

"더 심각한 건 사람들이 필요하다고 올리는 금액의

분포가 달라졌다는 거예요. 3년 전만 해도 100만 원에서 200만 원이 필요하다고 올리는 사람들이 가장 많았거든요. 그런데 올해는 21만 원에서 40만 원 사이의 금액이 필요하다고 하는 사람들이 더 많았어요. 이게 무슨 뜻이라고 생각하십니까?"

총재가 잘 모르겠다고 대답하며 말끝을 흐린다. 그리고 7초쯤 침묵이 흐른다. 장 의원은 잠시 말을 잇지 못한다. 해야 할 말을 잊어서가 아니다. 그것은 슬픔 때문이다. 자신이 내민 통계가 실제로 어떤 풍경을 의미하는지 구체적으로 그릴 수 있다면 어떻게 목메지 않을 수 있겠는가. 나는 이 침묵을 잊을 수 없다. 침묵이 시끄러울 수 있다는 걸 당신도 알 것이다. 침묵과 동시에 발생한 것은 지루해하던 수장들이 당황하는 소리이며 시선이 한곳에 모이는 소리다. 누군가 조롱하듯 그를 바라보는 소리이며 또 다른 누군가가 자신들이 왜 여기에 앉아 있는지 알아차리는 소리다. 장 의원은 빠르게 목소리를 가다듬고 말한다.

"저는 절박한 처지에 놓여 있는 사람들이 더 많아지다는 의미라고 생각을 합니다. 이런 종류의 자료는 한국은행에도 금감원에도 없어요."

그리고 국감은 이어진다. 장 의원은 취약계층을 위해 어떤 지원 방안을 마련하고 있는지 물은 뒤, 늘 하던 수준을 벗어나지 못하고 있다고 지적하며 사회안전망 강화를 강조한다.

중요한 결정권을 쥔 자들은 어떤 어른들인가. 그들은 어떤 타인을 끔찍이 사랑하는가. 그들을 눈물짓게 할 타인은 누구인가. 21만 원에서 40만 원 사이의 돈을 빌릴 누군가가 주변에 없는 사람. 그들이 대폭 늘어났다는 정보를 소리 내어 말하면서 고통을 느끼는 자만 슬픔에 목이 잠긴다. 한국은행에서 공식적으로 발표한 "저소득 가구의 부담은 상대적으로 클 것"이라는 건조한 문장으로 결코 표현되지 않는 고통 말이다. 나는 이것에 슬퍼하는 수장들을 원한다. 취약한 친구와 이웃과 동료를 곁에 둔 수장들을 원한다. 가장 취약한 이들의 해방과 자신의 해방이 진정으로 연결되어 있음을 아는 수장들을 원한다. 그런 수장들만이 숫자 속에서 취약한 사람들을 찾아낼 수 있다.

_____

2022.10.17

누구나 반드시
소수자가 된다

2022년 찬란한 봄, 밥알을 씹어 삼킬 때마다 떠오르는 두 얼굴이 있었다. 미류와 이종걸. 그들은 국회 앞에서 각각 46일, 39일간 농성을 했다(이종걸은 의료진의 강권으로 39일 만에 병원으로 이송되었다). 실제로 만난 적 없어도 그들의 단식이 나와 상관있다는 걸 안다. 당신과도 상관있을 것이다. 차별금지법 제정을 촉구하는 단식이기 때문이다.

　　차별금지법과 무관한 사람은 아무도 없다. 누구나 삶의 어떤 순간에는 반드시 소수자가 된다. 생의 숙명이 그렇다. 우리는 모두 젊거나 늙거나 어리다. 우리는 여자이거나 남자이거나 또 다른 성별일 수 있다. 우리는 선택할 수 없었지만 어떤 국가의 어떤 지역에서 어떤 민족으로 태어나, 어떤 피부색을 가지고 어떤 언어를 쓰며 살아간다. 국적을 든든한 울타리처럼 느끼는 사람도 있는가 하면 그렇지 못한 사람도 있다. 우리는 모두 어떤 신체를 가졌다. 우리 중 누군가는 장애인이며, 장애인이 아닌 누군가도 언제든 장애를 갖게 될 수 있다. 또한 언제든 다치거나 아플 수 있다. 우리는 혼자 살거나 누군가와 함께 산다. 우리는 결혼하거나 결혼하지 않는다. 우리중 누군가는 임신과 출산을 겪는다. 우리는 원하는 종교를 가질 수 있다. 각자의 사상과 정치적 의견을 가질 수 있다. 우리 중 누군가는 형의 효력이 실효된 전과자일 수 있다. 우리 중 누군가는 정규직이고 누군가는 비정규직이며 다양한 형태로 고용된다. 누군가는 교육받을 기회가 충분했고 누군가에겐 그 기회가 없었다.

　우리는 모두 어떤 사회적 신분 안에 있다. 소극적으로 따져봐도 모두가 이 정체성들 중 최소한 반 이상에 해당된다. 생애주기는 우리로 하여금 이토록 다양한 자리에 서게 한다. 따라서 아래의 23가지 항목 중 어떤 것과도 상관없는 사람은 아무도 없다.
　'성별, 장애, 나이, 언어, 출신 국가, 출신 민족, 인종, 국적, 피부색, 출신 지역, 용모 등 신체 조건, 혼인 여부, 임신 또는 출산, 가족 및 가구의 형태와 상황, 종교, 사상 또는 정치적 의견, 형의 효력이 실효된 전과, 성적지향, 성별정체성, 학력, 고용 형태, 병력 또는 건강 상태, 사회적 신분.'
　여기 나열된 것들은 우리 모두와 유관한 정체성의 목록이다. 동시에 차별의 역사를 품은 정체성의 목록이다. 위 이유로 차별받아온 사람들이 무수했다는 의미다. 이것들이 차별임을 또렷하게 호명한 뒤 부당한 차별 사례를 가려내고 시정하려는 법이 포괄적 차별금지법이다. 이 항목들로부터 완전히 예외인 사람은 존재하지 않는다. 따라서 차별금지법은 모두의 존엄과 안전에 관한 이야기다.

그 법이 아직 없어서 누군가는 곡기를 끊는다. 생사만큼이나 중대하다는 의미일 것이다. 무수한 시민의 절박한 요청에도 불구하고 법 제정은 거대 양당의 방치 속에 차일피일 미뤄져왔다. 국회가 미루는 걸 더 이상 지켜볼 수만은 없어서 움직이는 이들이 있다. 미류와 이종걸의 차별금지법 제정 촉구 단식 농성도 그런 움직임이다. 두렵지 않아서가 아니라 두려워서 자신의 삶을 건다고, 단식을 시작하며 미류는 말했다.

2020년 6월 발의된 차별금지법안을 살펴보면 차별금지법이 적용될 명확한 영역이 제시되어 있다.[15] 그 네 가지 영역은 다음과 같다. 고용, 교육 및 직업 훈련, 재화 및 용역, 그리고 행정 서비스. 네 가지 모두 한 사람이 살아가기 위해 꼭 거치게 되는 과정이다. 이렇게 필수 불가결한 영역에서 부당한 대우를 받지 않도록 포괄적인 차별을 금지하자는 것이 법안의 내용이다. 그러므로 차별금지법에서는 두 가지 곱셈이 이루어진다. '차별의 이유가 될 수 없는 23가지의 기준 × 차별받지 않아야 할 4가지 영

---

15. 잘못 알려진 것과는 달리 차별금지법에는 처벌 조항이 없다. 시정을 권고하고 명령할 수 있는 조항이 있을 뿐이다. 결코 합리적인 이유 없이 모든 영역에 적용되지 않는다.

역'이라는 수식을 그려보면, 모든 사람의 삶이 그 안에 포함되어 있음을 알게 된다. 차별금지법안에서 내가 거듭 발견하는 것은 평등한 사회를 향한 빈틈없는 의지다.

무엇이 차별인지에 대한 합의는 역사의 흐름에 따라 끊임없이 재정비되어왔다. 스스로를 차별주의자라고 자처하는 사람은 드물다. 하지만 차별에 관한 기준을 계속해서 새롭게 알아가지 않는다면 구시대적인 차별 발언과 행동을 무심코 저지르기 쉽다. 차별에 대한 감수성이 섬세해질수록, 억울하게 배제되는 시민의 수가 줄어든다. 차별금지법은 이를 위해 최소한의 기준을 마련하는 제도다.[16]

한편 거울 앞에서 머리를 빗어 넘길 때마다 떠오르는 건 장혜영 의원의 얼굴이다. 2022년 4월 20일 장애인 차별철폐의 날에 그는 청와대 앞에서 머리카락을 밀었다. 발달장애 당사자, 가족, 그리고 시민 555명과 함께하는 삭발이었다. 이들이 한데 모여 머리를 밀면서까지 절박하게 요구하는 것은 무엇인가. 장애인권리보장 정책에 관한 내용이다. 구체적으로는 발달장애 24시간 지원체계 구축을 요구한다. 장애인 권리보장법과 탈시설

---

16. 영국, 캐나다, 네덜란드, 뉴질랜드 등 여러 국가가 이미 도입했고, 한국에서는 이미 15년 전 국가인권위원회가 제정을 권고한 바 있다.

지원법이 얼마나 중요한지도 상기시킨다. 국회는 아직까지도 미온적으로 심의 중이지만 그야말로 당사자와 주변인의 생사가 달려 있는 법안들이다.

장혜영 의원은 말한다. "제 빡빡머리는 하나도 놀랍지 않습니다. 정말 놀라운 것은 국가의 지원 부족으로 발달장애인 부모가 자식을 죽이고 자살하는 현실에 이토록 관심 없는 오늘의 국회와 인수위와 윤석열 당선인입니다." 이제 장혜영 의원은 민 머리로 국회를 활보하며 일한다. 사람들은 그런 그를 볼 것이다. 그의 결의에 서둘러 응답해야 할 자들이 국회에 있다.

한편 버스와 지하철에서 어떻게 생각하지 않을 수 있을까. 전국장애인차별철폐연대 박경석 대표의 얼굴을 말이다. 그는 활동가들과 함께 휠체어를 타고 출근길 지하철에 매일같이 등장했다. 장애인권리예산을 요구하기 위해서다. 『비마이너』 기사에 따르면, 시위에 함께한 민들레장애인야학 대표 박길연은 지하철에 탑승한 시민들을 향해 이렇게 말했다. "30분, 40분 기다리시니 어떠한 불편함이 올라오시나. 장애인은 한평생 이렇게 기다리며 불편하게 살아가고 있다."

차별받고도 저항하는 이들에게 우리는 빚을 지고 있다. 홍은전 작가의 주옥같은 문장을 옮겨 적겠다.

사람들은 차별받은 사람과 저항하는 사람을 같은 존재라고 여기거나 차별받았으므로 저항하는 게 당연하다고 쉽게 연결 지었다. 하지만 나는 차별받은 존재가 저항하는 존재가 되는 일은 전혀 자연스럽지 않으며 오히려 순리에 어긋나는 일이라고 생각한다. 차별받으면 주눅 들고 고통받으면 숨죽여야 한다. 저항하는 것이 아니라 복종하는 것이 더 자연스럽다. 그러라고 하는 게 차별인 것이다. 모두가 침묵하고 굴종할 때 차별은 당연한 자연현상이 된다.[17]

침묵하지 않고 저항하는 몸들을 본다. 어떤 차별을 당연하게 만들지 않겠다며 신체를 걸고 싸운다. 모두의 삶이 각자에게 크고 작은 투쟁이겠으나, 온몸을 총동원하며 싸우지 않을 수 없는 이들도 있다.

어떤 기본권은 머리카락과 무릎을 바쳐도 쉬이 주어지지 않는다. 이들이 목숨 걸고 단식하며 외친 구호는

---

17. 홍은전, 『그냥, 사람』, 봄날의책, 2020, 25면.

당연하고 소박한 요청들이다. 당연한데 법이 아직 수호하지 않는 권리에 관한 이야기다. 이 이야기들은 더욱더 큰 소문으로 널리 퍼져야 한다. 다시 말하지만 차별과 노동으로부터 무관한 존재는 아무도 없으니까. 우리 중 누구는 어떤 법이 있느냐 없느냐에 따라 살거나 죽는다. 농성장에, 삭발 현장에 가보지 않고도 어렴풋이 알 수 있다. 미류와 이종걸과 장혜영과 박경석이 나와 내 이웃들 앞에서 싸워주고 있음을. 이 국가가 과거에 잃은 소중한 사람들과 앞으로 올 사람들을 대신해 싸워주고 있음을. 우리가 서로 긴밀히 연결되어 있다는 걸 믿지 않고는 그렇게 싸울 수 없을 것이다.

2022.05.23

서로 다른 운동이
만나는 순간

서로 다른 운동이 만나는 순간을 눈여겨본다. 장애해방과 동물해방을 함께 떠올리게 만든 책은 『짐을 끄는 짐승들』이었다. 이 책의 작가 수나우라 테일러는 질문한다.

더 자세히 들여다볼수록 동물산업 곳곳에 장애를 가진 몸이 있다는 걸 깨닫게 된다. 또한 동물의 몸이 오늘날 미국에서 장애를 가진 몸과 마음이 억압당하는 방식과 뗄 수 없는 관계에 있다는 것도 알게 되었다. […] 만약 동물을 둘러싼 억압과 장애를 둘러싼 억압이 서로 얽혀 있다면, 해방의 길 역시 그렇지 않을까?[18]

언뜻 멀게 느껴지는 두 개의 다른 해방을 따로따로 생각하지 않는 이야기가 한국에서도 쓰이는 중이다. 비장애중심주의와 종차별주의가 닮아 있고 뒤엉켜 있음을, 두 전선의 시급함과 중대함에 관해서 섣불리 우열을 가릴 필요가 없음을 배운다.

그리고 또 다른 중요한 만남이 이루어지고 있다. 동물권 운동과 기후위기 운동의 만남이다. 날씨와 사람, 사람과 동물, 동물과 날씨의 관계성에 주목하는 것이다. 지

18. 수나우라 테일러, 『짐을 끄는 짐승들』, 이마즈 유리·장한길 옮김, 오월의봄, 2020, 32-33면.

난해 여름의 물난리들을 기억한다. 2020년 전남 구례에서 홍수를 피해 우사를 탈출한 소가 있었다. 지붕 위로 올라간 소의 이미지란 몹시 생경하고도 불안했다. 뉴스를 본 대다수가 소의 안전을 바랐을 것 같다. 언론의 플래시 세례를 받으며 구조가 이루어졌지만 소는 이젠 죽고 없다. 이 시대의 소들은 축산업이라는 시설 안에서 수명보다 훨씬 적은 삶을 살다가 도축된다. 그런 소가 한 해에만 80만 명이 넘는다. 동물해방물결[19]이 비거니즘 잡지 『물결』을 창간한 건 그즈음의 일이다. 비인간 동물도 기후 당사자라는 사실에 동물해방물결은 주목한다.

한편 2022년 여름에도 기록적인 폭우가 내렸다. 물난리로 인해 신림동 반지하에 살던 발달장애인과 그의 가족, 세 명이 사망했다. 기후재난은 모두의 삶에 드리워질 테지만 누군가는 특히 더 취약하게 겪는다. 불평등한 사회 지형은 급변하는 날씨 아래에서 더욱 여실히 드러난다. 이에 국가의 책임이 있는가? 물론이다. 침수위험 가구를 관리했어야 할 행정안전부와 지자체는 그러나 책임을 회피했다. 이 흐름은 슬프게도 익숙하다. 막을 수 있었으나 그러지 않아 일어난 재난, 취약한 이의 사망, 국가의 의무 방기로 이어지는 흐름. 기후재난이 더

19. 모든 동물의 해방을 전면에 내건 동물권 운동 단체. 2017년 출범했다.

잦아질 세계에 살며 우리는 이 죽음들로부터 무엇을 사무치게 반성하는가.

2022년 12월 21일. 국회에서 대담이 열렸다. 잡지 『물결』을 만드는 동물해방물결의 팀원들과 장혜영 정의당 의원실이 공동으로 주최한 대담이었다. 함박눈이 펄펄 오던 날 수십 명의 시민이 대담을 듣기 위해 국회로 출입했다. 이 자리는 선례 없는 일을 최초로 진행한 활동가들과 국회의원의 대화로 꽉 채워졌다. 2022년 동물해방물결은 국내 최초로 소 보금자리를 만들었다. 한 명의 소도 해방되지 않으면 어떤 소도 해방될 수 없기 때문이었다. 같은 해 장혜영 의원실은 국내 최초로 기후 국감을 진행했다. 반지하 홍수 피해로 사망한 이들의 영정을 마주하고 온 장 의원이 기후 정치가 얼마나 절박한 일인지 실감했기 때문이다.

"안다고 착각했던 일을, 진짜로 알게 되는 순간이 있지 않습니까."

대담에서 그는 말했다. 21대 국회 3백 개의 의원실 중 적어도 한 곳은 기후위기 상황실이어야 하지 않겠냐는 경각심이 그를 기후 국감으로 이끌었다. 탄소배출 감소와 취약계층을 위한 정책들이 실제로 잘 이루어지고 있는지, 책임자들의 코앞에다 대고 묻고 감시하는 국감이었다. 동물해방물결은 축산업이 탄소배출에 미치는 악영향에 대해 우려하면서도, 그에 앞서 근본적인 착취에 대한 반대를 힘주어 강조했다. 축산업의 착취는 기후 위기를 가속화할 뿐 아니라 기후 당사자이기도 한 동물의 고통 또한 극대화하므로.

기후와 인간과 동물은 복잡한 관계를 맺고 있다. 탈석탄과 탈축산을 동시에 말하는 사람들의 이야기는 그래서 중요하다. 이들은 화석연료 중심의 구조로부터, 유한한 지구에서 무한히 성장할 수 있다는 신화로부터, 만물을 인간중심적으로 변형하고 착취해온 과거로부터 전환하려 한다. 전환을 위한 기후 정치에는 세 가지가 필요하다. 기후 정치인과 기후 유권자 그리고 기후 의제다. 구체적인 기후 의제를 규정하고 해결책을 도출하는 정치는 지금껏 충분하지 않았다. 비거니즘의 정치 의제화는 이제 겨우 출발선 위에 서 있다. 이 문제를 소중히 여기는 기후 정치인과 유권자가 늘수록 이야기가 달라질 것이다. 결국 국회로 어떤 사람을 보낼 것인지가 관건이다.

대담에 참석한 정치인은 한 명뿐이었다. 그래도 이 대담이 열린 장소가 국회라는 점에서 나는 희망을 느낀다. 그것은 입법기관 중 한 사람이 진정으로 듣기 시작했

다는 의미이며 비거니즘과 기후 운동의 첫 만남이 국회
의 역사에 남았다는 의미다.

2023.01.09

당연하지 않은 부모

그동안 부모가 있는 세계의 이야기만을 주로 써왔다. 내가 태어나고 자란 곳에는 엄마와 아빠가 당연한 전제처럼 있었다. 부모 때문에 행복하든 불행하든 말이다. 지금은 그 전제가 당연하지 않다는 것을 안다. 그래서 부모라는 말을 쓰기 전에 주춤하며 말을 고친다. 다양한 성별의 보호자, 다양한 형태의 가족, 가족 바깥의 사람도 포함하는 이야기를 쓰고 싶어서다.

장혜영 의원이 시작한 '#내가이제쓰지않는말들'은 이 시대에 통용된 차별과 배제의 언어를 인지하고 수정하는 프로젝트다. '부모' 역시 이 프로젝트가 고민하는 단어다. 엄마만 있는 경우, 아빠만 있는 경우, 둘 다 없는 경우, 엄마가 여럿이거나 아빠가 여럿인 경우, 보호자의 성별을 이분법적으로 구분하고 싶지 않은 경우 등을 예외로 두는 단어다.

프랑스의 가족관계 문서는 '부/모' 말고 '보호자1, 보호자2'를 적게끔 한다. 부모가 모두의 기본값은 아니라는 점을 존중하는 문서 형식이다. 현재의 상상력으로는 '부모' 대신 '보호자' 혹은 '어른'이라는 말을 일상어로 쓰는 것이 최선처럼 느껴진다. 미래에는 더 적절한 말을 발명할 수도 있을 것이다.

‘부모’와 함께 다시 돌아보게 된 단어는 ‘고아’다. ‘외로울 고(孤)’와 ‘아이 아(兒)’로 이루어져 있다. 나에게 이것을 알려준 사람은 보호종료 당사자인 신선 씨다. 보호종료란 원가족 없이 자란 보호대상 아동에게 만 18세에 자립을 강요하는 아동보호 제도를 말한다. 아동양육시설에서 유년기와 청소년기를 보낸 신선 씨는 고아라는 말에 자주 움츠러들곤 했다. 치열하게 자립한 뒤 현재는 보육원 출신 아이들을 위한 캠페이너로 활동하는 중이다. “부모가 없다고 해서 꼭 외로운 것은 아니고, 반대로 부모가 있다고 해서 꼭 외롭지 않은 것도 아닌데, 고아라는 말에는 편견 어린 동정이 이미 내포되어 있다”고 그는 말했다. 그는 은유 작가의 『다가오는 말들』 중 한 문단을 언급하기도 했다.

한 아이가 어떤 환경에서 자라든 신체적 온전함과 존엄성이 지켜지기 위해서는, 후원금을 척척 내는 어른도 필요하지만 동시에 ‘부모님 뭐 하시느냐’ 다짜고짜 묻지 않는 어른이 많아져야 하고 이력서에 가족관계를 쓰지 않도록 하는 제도가 생겨야 한다. 이 세상에 ‘불쌍한 아이’는 없다. 부모 없이 자란 자식이라는 굴레를 씌우고 불쌍한 아이를 만들어내는 집요한 어른들이 있고, 정상가족이라는 틀로 자

율적 존재를 가두거나 배제하는 닫힌 사회가 있을 뿐이다.[20]

보호대상 아동의 목소리는 복지의 사각지대에 있다. 신선 씨와 친구들은 보육원 출신으로서 자립하며 겪었던 어려움을 후배들이 똑같이 겪지 않도록 유튜브, 팟캐스트, 온라인 카페를 운영하며 보호종료 아동을 위한 주거지원, 장학지원 사업 등 유용하고 친절한 정보를 공유한다. 또한 고유하고도 평범한 자기 삶의 이야기를 나눈다.

나는 그게 바로 연대임을 안다. 연대란 고통을 겪은 어떤 이가 더 이상 누구도 그 고통을 겪지 않도록 움직이는 것이다. '부디 너는 나보다 덜 힘들었으면 좋겠어. 그러니 내가 알게 된 것들을 최대한 다 알려줄게'라고 말하는 것이다. 당사자가 아닌 이들이 할 수 있는 연대도 있다. 부모가 기본값인 질문을 건네지 않는 것, 고아라는 말을 함부로 쓰지 않는 것, 보호대상 아동에 대한 이미지를 고정하는 말을 하지 않는 것 또한 그중 하나일 것이다.

2020.12.29

---

20. 은유, 『다가오는 말들』, 어크로스, 2019, 163면.

납작하지 않은 고통

언제부턴가 투병(鬪病)이라고 말하기 전에 멈칫하게 되었다. 이 말을 다시 생각하도록 도운 사람은 나의 동료이다울 작가다. 그는 글을 쓰고 그림을 그린다. 정확한 병명이 없는 고통과 증상을 수년 동안 경험해온 사람이기도 하다. 갑작스럽게 찾아온 만성통증과 우울증, 조울증 등의 기분장애를 관찰하고 글로 쓰는 것은 이다울 작가의 주요한 작업 중 하나다.

그는 2018년부터 '등의 일기'라는 제목으로 자기 몸 안팎의 세계를 기록해왔다. 원인 모를 통증을 껴안은 채 침대에 등을 대고 누워 생각한 것들에 대한 기록이다. 나는 그 기록 속의 문장들이 낯설고 소중하여 세상에 더 많이 알려지면 좋겠다고 생각했다. 하루는 그런 마음으로 그의 연재를 홍보하며 이렇게 말했다. 이다울 작가가 투병 과정에 대한 글을 쓰고 있다고. 그러자 이다울 작가는 나의 표현을 부드럽고 확실하게 정정해주었다. 자신은 투병이 아니라 치병을 하고 있다고. 병과 싸우는 게 아니라 병을 다스리는 것에 가깝다고.

그가 '싸울 투(鬪)' 대신 '다스릴 치(治)'를 써서 보여주었을 때 나는 부끄러웠다. 병을 대하는 방식을 함부로 단정했다는 것, 병에 관한 나의 이해와 어휘가 빈약했다는 것이 실감 나서 미안했다. 동시에 '치병'이라는 단어가 새롭게 다가왔다. 병과 함께 살아가는 이들의 여러 면모를 포함할 수 있는 말이었다. 그날 이후로 '치병'이라는 말을 소중히 아끼게 된다. 누군가가 고통과 맺고 있는 관계를 더 신중히 말하게 된다.

이다울 작가의 연재글은 차곡차곡 쌓여 『천장의 무늬』라는 책으로 출간되었다. 그 책의 서문에는 이런 문장이 적혀 있다.

침대에 등을 대고 누우면 이곳저곳 울퉁불퉁한 천장이 바라다보인다. 천장 공사가 미흡한 탓에, 그곳에 달라붙은 벽지가 큰 굴곡을 만들어내는 것이다. 천장 벽지에는 희미하게 구불대는 작은 선들이 있고 가끔씩 작게 찢어진 부분이 있다. 나는 매일 그것을 오래 들여다보았다. 천장을 오래 들여다보는 날들이 늘어갈수록 불안의 크기가 커졌다. 아픈 몸이 불행에 관한 상상력을 크게 발동시켰던 것이다. 그래서 더 열심히 적었다. 내 등 뒤에 자리매김한, 이름 모를 끈덕지고 눅눅한 거대 괴물을 퇴치하는 마음이었다.[21]

---

21. 이다울, 『천장의 무늬』, 웨일북, 2020, 6면.

『천장의 무늬』는 이다울 작가가 자신의 아픔이 납작해지는 것을 구해내기 위해 시도하는 책이다. 동시에 각자 고유한 아픔을 가진 타인들을 초대하는 책이다. 그의 문장은 감각적이고 지적이다. 용감하고 치열하다. 건강하지 않은 몸의 언어를 풍부하게 갖추는 글쓰기다. 김하나 작가의 『말하기를 말하기』에는 이런 문장이 있다.

> 흔히 "건강하세요"라는 말을 많이 한다. 상대가 건강하기를 바라는 마음을 전하는 것은 나쁘지 않겠으나 "건강을 잃으면 다 잃는 거야"처럼 건강지상주의로 흐르는 말들은 질병을 앓는 사람들을 패배자로 만들어버린다는 것이다. 건강하지 않은 사람들도 사랑을 하고 즐거움을 느끼고 노력하고 성취도 이룬다. 따라서 '건강을 잃으면 다 잃는 거야'라는 말은 그들의 삶과 이야기를 송두리째 납작하게 만들어버리는 표현이다.[22]

새로운 언어는 아무도 주목하지 않은 등의 모습을 처음으로 조명하기도 한다. 온갖 아픔을 다스리는 이들에게 더 다양하고 정확한 말들을 건네고 싶다.

2020.11.03

---

22. 김하나, 『말하기를 말하기』, 콜라주, 2020, 189-190면.

가릴 수 없는 말들

특정 단어를 언급하지 않고도 그것에 대해 말할 수 있을까? 어느 날 글쓰기 수업에서 나는 어린이들에게 마음에 드는 사진 한 장을 골라달라고 요청했다. 어린이들은 주섬주섬 자기 취향의 이미지를 들고 왔다. 사람일 수도 있었고 동물일 수도 있었고 물건일 수도 있었다. 어떤 사진을 골랐는지 서로 보여주지 않는 게 규칙이었다. 지금부터 그것에 대해 써보자고 제안했다. 다만 그것이 무엇인지는 언급하지 않기로 했다. 『존 버거의 글로 쓴 사진』과 비슷한 서술 방식을 연습하려는 의도였다. 글을 완성한 열두 살 서영이가 사진을 가린 채로 자기 문장을 읽어주었다.

부글부글 타오르는 불을 상상해봐. 불은 말이지, 아주 뜨겁고 때로는 위험한 거야. 무언가를 강요하는 듯한 색깔이기도 해. 왜 그런 거 있잖아. 엄마가 화나면 튀어나오는 색 말이야. 하늘에 그 색깔이 있는 거야. 그런 걸 '노을'이라고 불러. 지금 네 앞에는 귤이 놓여 있어. 귤을 만져봐. 그런 걸 둥근 모양이라고 해. 이제 위에서 말한 노을 색을 둥근 모양과 합치는 거야. 이 모든 것은 매우 매우 커. 크다는 건 뭐냐면… 너의 집을 떠올려봐. 아무리 작아도 너보다는 크겠지. 하지만 이것은 집보다도 몇만 배 넘게

커. 어마무시하게 거대한 거지. 이게 있어서 우리는
살아갈 수 있어.

서영이가 들고 있는 사진 속엔 무엇이 담겨 있을까?
당신도 짐작하다시피 그건 바로 태양이었다. 태양을 이
런 식으로 묘사한 글은 어디에서도 본 적 없지만 내 머릿
속엔 이글이글 타오르는 커다랗고 둥근 태양이 아주 선
명하게 그려졌다. 이 어린 스승은 대상의 이름을 언급하
지 않고도 대상에 관해 설명하는 법을 이미 알고 있다.
대상과 유사한 특징을 가진 다른 개념들을 자기 삶에서
끌어오면서 그걸 해냈다. 서영이에게 태양은 실체보다 더
풍부한 의미를 지닌다. 태양이라는 단어에 다 담을 수도
없을 만큼 커다란 의미를 말이다.

서영이의 삶은 태양과 관계 맺으면서 12년간 흘러
왔다. 함께 볕을 쬔 사람과, 홀로 노을을 바라보던 저녁
과, 해를 닮은 엄마와 과일과 사물이 그의 인생에 있었
다. 언어는 이러한 관계를 설명하게끔 만든다. 어린이들
은 말을 배우며 세계의 조각들이 서로 연결된 방식을 이
해한다. 말이란 세계의 질서이므로. 나의 소설 『가녀장의
시대』 역시 주인공 아이가 가부장으로부터 말을 배우는
장면에서 시작된다. 아이는 가부장의 언어에 의구심을

품었다가 시간이 흐른 뒤 새로운 말들을 고안해낸다. 지난 시대의 말 중 어떤 것들은 현재의 세계를 정확히 담을 수 없다고 느꼈기 때문이다. 『가녀장의 시대』는 가족 서사일 뿐 아니라 언어 투쟁에 관한 이야기이기도 하다.

11월 9일 교육부는 2022 개정 교육과정 행정예고안을 공개했다. 그에 따르면 2025년부터는 초·중·고등학교 교과서에서 쓰이는 표현이 바뀐다. 우선 '민주주의'가 '자유민주주의'로 수정됐다. 자유민주주의는 이승만, 박정희, 전두환이 내걸었던 단어이기도 하다. 윤석열 정부가 즐겨 쓰는 '자유'란 주로 시장과 기업과 자본가와 노동시장 상층부를 장악한 사람들을 향해 있다. 노동시장의 하층부, 빈곤층, 장애인, 성소수자, 여성, 어린이 등의 자유에 대한 무관심은 노골적일 지경이다. 노동하는 사람을 능동적 주체로 인정하는 '노동자'라는 말도 개정안에서 사라졌다. '성평등'과 '성소수자'도 사라졌다. 자유와 평등을 위한 그간의 치열한 투쟁을 지우는 변화다. 이를 두고 인권위는 인권 담론을 후퇴시킨다며 우려했으며 전국역사교사모임 소속 교사 천여 명이 반대 의견을 표명했다. 그러나 결정권은 국가교육위원회로 넘어갔다. 근미래의 교과서는 세계의 커다란 일부를 의도적으로 누락시킨 필독서가 될 터다.

이것은 명백히 퇴보다. 그러나 현 정부가 퇴보하는 와중에도 어린이와 청소년은 자라난다. 이 퇴보를 똑똑히 기억할 것이다. 어떤 말이 지워졌는지 잊지 않을 것이다. 동시에 지워진 말을 아이에게 가르치길 멈추지도 않을 것이다. 그들의 사유가 편협하고 빈약한 언어에 한정되어서는 안 되기 때문이다. 이라영 작가는 『말을 부수는 말』에서 다음과 같이 썼다.

> 권력의 망언이 난립하는 가운데서도 이에 맞서는 언어들도 지치지 않고 생성된다. 바로 그 지점에 나는 아름다움이 있다고 생각한다.[23]

태양만큼이나 중대한 민주주의와 노동자와 성소수자를 가린 교과서에서도 어떻게 그것들을 똑바로 보게 할까? 언어가 모자라 보일 만큼의 관계 맺기를 어떻게 마련할까? 교과서 바깥의 어른들에게 남겨진 과제다. 우리는 손으로 가릴 수 없는 거대한 별의 일원이 되어야 한다.

———————
2022.12.12

---

23. 이라영, 『말을 부수는 말』, 한겨레출판, 2022, 9면.

3부

반복하고 싶지 않은 것의 목록

쓰레기로 이루어진
언덕과 바다에서

나는 쓰레기를 잠깐씩만 만진다. 쓰레기는 불과 몇 분 전까지만 해도 아직 쓰레기가 아니었다. 내가 원하는 물질을 깨끗하게 감싸던 것. 손과 물건 사이의 얇고 가벼운 한 겹. 버리고 돌아서면 사라지는 기억. 그래서 아주 잠깐이었던 무엇.

그다음 단계에 종사하는 사람들이 있다. 나 같은 사람들이 잊은 쓰레기를 손으로 만지는 이들이다. 쓰레기와 관련된 어떤 노동자들은 밤에만 일해야 한다. 누군가는 쓰레기를 수거하는 과정을 보는 것조차 불쾌해할지도 몰라서. 자기 손을 떠난 쓰레기를 곧바로 혐오스러운 남의 일로 여기곤 해서. 나는 그들의 얼굴과 이름을 모르지만 내가 떠난 자리에 그들이 다녀갈 것을 안다. 쓰레기와의 접촉이 그들에겐 짧지 않을 것을 안다.

또 어떤 쓰레기들이 있는가. 의류 수거함에는 입다 버린 옷이나 작아진 옷이나 망가진 옷뿐 아니라 오물이 묻은 수건이나 옷이 아닌 쓰레기도 담긴다. 그 모든 게 한데 모여 '자원'이라는 곳으로 옮겨진다. 그곳에 가면 헌 옷과 쓰레기만으로 이루어진 커다란 언덕을 볼 수 있다고 한다. 그 언덕에 올랐던 사람들을 안다. 그들 중 하나는 나의 엄마 복희다. 복희는 헌 옷으로 된 언덕에서 무름을 꿇고 손을 바삐 움직이며 일했다. 어떤 버려진 옷은 유달리 더럽다. 어떤 쓰레기가 특히 쓰레기인 것처럼. 더 이상 입을 수 없는 것들 속에서 복희는 다시 입을 만한 것을 찾아내 사 오고 깨끗이 손질하여 팔았다. 그 일을 하고 온 날에는 몸살을 앓곤 했다. 손이며 무릎이며 온몸이 욱신거린댔다. 나는 복희가 파는 옷들을 주로 입으며 자랐다. 아름다운 옷들도 많았다. 지금까지도 나의 옷장에 남아 있는 옷들이다. 너무 많은 옷이 너무 빨리 만들어지고 너무 조금 입은 뒤 너무 쉽게 버려지는 세상이라 복희가 오를 언덕은 언제고 계속 생겨났다. 더 이상 그 일을 하지 않는 지금도 복희는 새 옷을 잘 사 입지 않는다.

쓰레기로 된 언덕은 바닷속에도 있다. 거의 모두가 모르고 지나가는 쓰레기다. 바다의 바닥까지 내려가 본 사람들만이 그 쓰레기를 안다. 나는 아직 이야기로만 들어보았다. 누군가가 잠수복을 입고 공기통을 메고 몸 여기저기에 납 벨트를 찬 채로 입수한다. 수면 아래로 깊이 내려가기 위해서다. 지상으로 연결된 호스를 통해 숨을 쉬어가며 바닷속 쓰레기를 치운다. 산업 잠수사들의 일 중 하나다. 그들은 육지에서 하는 대부분의 막일을 수중에서도 할 줄 안다. 나의 아빠 웅이의 직업도 산업 잠수사였다. 언젠가 바닷속에서 어떤 쓰레기를 보

146

았냐고 내가 묻자 웅이는 보지 않았고 만졌다고 대답했다. 물속은 아주 탁하고 어둡기 때문이다. 쓰레기는커녕 자신의 얼굴 앞에 가져다 댄 자기 손조차 보이지 않는 어둠. 시야가 막힌 광활한 찬물 속에서 웅이는 쓰레기를 치운다. 손으로 하나하나 만져가며 치운다. "보이지 않아도 만지면 알 수 있어. 자전거구나. 드럼통이구나. 페트병이구나. 캔이구나. 비닐이구나."

손에 눈이 달렸다는 말은 잠수사들 사이의 관용구다. 웅이는 익숙한 쓰레기들을 바다 위로 올려 보낸다. 그는 생생한 악취를 맡는다. 바닷물의 냄새를. 쓰레기의 냄새를. 오염된 물의 냄새를. 나는 쓰레기 언덕에 올라보지도, 바닷속 쓰레기를 만져보지도 않았다. 그러나 쓰레기가 쓰레기인 시간이 내 부모에게 결코 짧지 않았음을 안다.

그리하여 이 쓰레기를 가장 오래 겪을 이 세계를 생각한다. 세계는 우리 모두를 품고 있기 때문이며, 썩지 않은 무수한 것들과 함께 미래로 가는 중이기 때문이다. 어떤 쓰레기는 거북이의 콧구멍에 꽂히고 바다사자의 목을 조르고 돌고래의 배 속을 채우고 아기 새의 목구멍에 들어간다. 어떤 쓰레기는 수출되었다가 돌아오고 어떤 쓰레기는 방대한 섬이 되고 어떤 쓰레기는 내일도 생산되어 내 손을 잠깐 거친 뒤 잊고 싶은 곳에 쌓여갈 예정이다. 내가 배운 언어가 적힌, 익히 아는 쓰레기들이다.

모두가 버리지만 모두가 치우지는 않는 세계에서 어떻게든 해보려는 사람들이 있다. 어쩔 수 없다고 말하지 않는 이들이 있다. 쓰레기가 잠깐이 아니라는 걸 똑바로 보는 부모와 자식과 자식의 자식과 노동자와 옷가게 주인과 잠수사와 소설가와 시인과 친구들이 있다. 그리고 당신이 있다. 우리는 헤아릴 수조차 없다. 한 사람의 삶에 얼마나 많은 생이 스며드는지.

2019.08.26

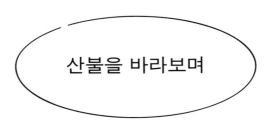

산불을 바라보며

2022년 봄, 2백 시간 넘게 불타는 산을 보며 김소연의 시 「실패의 장소」를 생각했다. 그 시는 이렇게 끝난다. "같은 악몽을 사이좋게 꾸던 / 같은 꿈을 사이좋게 버리던."[24] 불이 번지는 며칠 사이 여럿이서 비슷한 악몽을 꾸는 것 같았다. 비슷한 희망이 버려지는 것 같았다. 이런 사건이 일어나는 동안 우리 사이는 좋을 수 있을까? 기후위기 시대의 산이라는 실패한 장소에서 우리가 재정비해야 할 관계가 무엇인지 알고 싶었다.

이번 산불은 3월 4일 경북 울진에서 발생했다. 한반도에서 일어난 산불 중 역대 최장기 산불이자 최대 규모 산불이라고 한다. 지구 곳곳을 휩쓴 거대한 산불의 징후가 한국에도 가까이 다가온 것이다. 한국 산불의 경우 아직까지는 자연발화가 드물다. 3월 21일 소방청이 발표한 자료에 의하면 야외 소각 행위로 인간이 만드는 불씨가 절반 가까운 원인에 해당한다. 논과 밭두렁을 태우거나 쓰레기를 태우다가 불길이 번지는 것이다. 하지만 초대형 산불의 책임을 발화 제공자에게만 물을 수는 없다. 산불이 길어지고 거대해지는 것은 기후위기와 몹시 유관하다. 누가 불을 질렀는지 묻는 것만으로는 부족하다. 어째서 불을 끄기 어려워졌는지 살펴보아야 한다.

---

24. 김소연, 「실패의 장소」, 『수학자의 아침』, 문학과지성사, 2013, 105면.

3월 20일 녹색연합은 "울진·삼척 산불이 이렇게까지 커진 원인은 유례없는 겨울 가뭄에 있다"고 발표했다. 건조한 기후가 산불의 대형화에 직접적인 영향을 미쳤다는 것이다. 산불의 일상화와 대형화를 막으려면 기후위기 시대에 걸맞은 산불 정책 전환이 필요하다고 녹색연합은 덧붙였다. 그동안 산불조심 기간은 점차적으로 길어져왔다. 3~4월에 집중 발생하던 산불이 서서히 연중화되면서 산불조심 기간의 시작 역시 앞당겨지고 끝은 미루어졌다. 강수량이 줄고 강수 주기가 짧아져서다. 적설량 역시 줄었다. 기온이 높아지며 눈과 비가 적게 내렸고 땅이 한껏 건조해졌다. 불이 크게 번지기 좋은 조건이다. 이런 환경 속에서 산불은 쉽게 대형화된다.

소나무가 많은 조건도 산불 대형화에 영향을 미친다. 한국은 소나무를 주요 수종으로 유지하려는 노력을 해왔다. 인간이 간섭해온 인공조림의 결과다. 소나무는 송진이라는 휘발성 물질과 낙엽을 비교적 많이 생산하기 때문에 탈 거리도 많다. 인화성이 강한 나무인 것이다. 불에 취약한 연료가 특수하게 많은 탓에 이번 산불은 크게 오랫동안 번졌다. 산과 숲에도 생명 다양성이 높아야 산불 예방과 진압에 도움이 된다. 생명 다양성을 추구하고 산림을 보호해야 할 의무를 가진 기관 중 하나는 산림청이다. 하지만 산림청이 국내외적으로 하는 일들을 살펴보면 산림보호에 관심이 있는지 의문이 든다. 그들에게 산림은 목재 산업의 자원이기만 한 것으로 보인다.

산불은 이제 겨우 한국에 경각심을 불러일으키기 시작했지만 이미 수년 전부터 시작된 전 지구적 재난이다. 기후위기가 가속화되면서 몽골, 아마존, 미국, 남아프리카, 유럽 등지에서 거대 산불이 일어났다. 2019년 발생해 6개월 만에 진압된 호주 산불로 10억 명의 야생동물이 죽었다. 산불은 기후재난 시대의 증거다. 인명 피해와 재산 피해와 미래 세대의 손실도 어마어마하다. 여러 달갑지 않은 것들이 뉴노멀이 된 2020년대에 산불 역시 새로운 노멀이 되어가고 있다. 2021년 여름 기이할 정도로 오래 지속되었던 폭우에 관해 '이 장마의 이름은 기후위기'라는 문장이 붙여졌던 것처럼, 이 산불의 이름 역시 기후위기다.

산이 너무나 소중한 실패의 장소라는 것을 알아야 한다. 실패의 장소에서도 꿈꾸는 것을 포기하지 말아야 한다. 생명다양성재단의 최재천 교수는 "수령이 오래된 나무가 많은 성숙한 숲은 불이 나도 잘 타지 않는다"고 말했다. 숲이 성숙해질 시간과 공간을 마련하는 것이 이

시대 지구별 동지들의 과제다. 발화 제공자만의 책임일
수는 없다. 기후위기에 대한 경각심을 갖고 산불에 접근
하는 정치인과 실무자와 시민들이 늘어나야 할 것이다.
숲과 좋은 관계를 맺을수록 악몽의 반복도 줄어든다.
같은 악몽을 꾸었어도 같은 꿈을 버리지는 않는 서로를
찾을 때이다.

2022.03.28

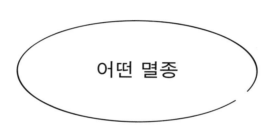

어떤 멸종

철새가 지나가는 계절이다. 파주에서 살 때는 이즈음 하늘을 가로지르는 철새 무리를 날마다 볼 수 있었다. 부지런히 맨 처음으로 출발한 무리를 보며 계절이 바뀌는 걸 알아차릴 수 있었고 어제의 철새와 오늘의 철새가 어떻게 다르게 울며 지나갔는지도 기억할 수 있었다. 매일 봐도 감탄스러운 비행이었다. 하늘을 올려다보다가 책으로 시선을 돌렸다. 『새들의 천재성』이라는 책이다.

이 책에 따르면 새들의 머릿속에는 엄청나게 큰 지도가 있다. 가지고 태어난 지도는 아니다. 자라면서 습득하는 지도다. 경험이 없는 어린 새들은 제대로 길을 찾지 못한다. 어른 새를 뒤따라가면서 길을 익히고 지도를 체화하는 것이다.

일부 어린 새는 어른 새의 도움 없이도 본능적으로 길을 찾기도 하는데 유전자에 새겨진 불가사의한 지능 덕분이라고 한다. 일반적인 경우 어른 새는 어린 새에게 가르친다. 태양, 별, 편광 등의 단서를 활용하여 나침반처럼 이용하는 방법을. 이 모든 정보가 해가 질 때 한꺼번에 나타난다. 그러므로 황혼이란 새들에게 아주 중요한 시간이다. 이 사실을 알게 된 뒤부터 나에게 해 질 녘은 몹시 과학적인 풍경으로 보인다. 내가 감히 흉내 낼 수도 없는 방식으로 비행하는 새들을 바라보는 것이 파주의 겨울 저녁 일과였다.

　한번 길을 익힌 어린 새는 다음번엔 어른 새의 도움 없이도 장거리 여행을 할 수 있게 된다. 한번은 어른 새 대신에 사람이 어린 새를 인도하는 이야기를 보았다. 영화 〈아름다운 여행〉의 서사가 그렇다. 조류학자의 아들 토마가 기러기를 데리고 새로운 경로로 이동하는 이야기다. 기러기들은 최단 거리인 직선으로 이동하고 싶어 하지만 본능대로 움직인다면 위험해질 게 뻔하다. 사람이 만들어놓은 방해물들 때문이다. 공항, 송전선, 사냥꾼, 빛 공해 등이 포진된 하늘길은 새들에겐 죽음의 경로다. 영화는 그것들을 피해 멀리 돌아가는 루트를 짠다. 하지만 날지 못하는 사람이 어떻게 새를 인도한단 말인가? 이 이야기 속에서는 토마가 경비행기를 타고 인도한다. 새들이 토마를 신뢰해서 가능한 일이다. 태어나자마자 본 사람을 보호자로 인식하는 새들이 있는데 기러기도 그런 새들 중 하나다. 막 태어난 기러기들이 자신을 믿게끔 토마는 갖은 애를 썼다. 토마가 이륙하자 기러기들은 그 비행기를 따라 날기 시작한다. 생애 첫 번째 비행이다. 기러기들은 토마와 함께 그린 지도를 내년에도 내후년에도 기억하고 이동할 것이다. 죽지 않을 수 있는 하늘길의 지도가 기러기들에게 새겨진다. 그들이 살면 멸종 확률도 줄어든다. 토마의 비행은 그야말로 종(種)을 살리려는 의지다.

이 영화는 실화를 바탕으로 제작되긴 했으나 아마도 우화 같은 이야기일 것이다. 현실에서 철새들의 처지는 꾸준히 참담해져왔다. 새들이 아무리 유능하게 난대도 긴 비행을 하려면 중간중간 쉬고 먹는 구간이 있어야만 하는데, 그러한 장소는 갈수록 협소해져간다.

커다란 갯벌인 새만금은 원래 도요물떼새의 주요 기착지였다. 그러나 방조제로 해수 유통을 막으며 갯벌이 파괴되면서 새 수십만 명의 생존을 알 수 없게 되었다. 그 많던 새들은 영양 보충을 못한 채 장거리 비행을 하다가 죽었을 확률이 높다. 개발사업은 실제로 새를 죽인다. 수면 위 새뿐만 아니라 수면 아래 생물을 대거 죽이는 것은 말할 것도 없다.

새만금 수질 조사에 집중해온 새만금시민생태조사단 오동필 단장의 설명에 의하면, 새만금은 염분 성층화로 여러 층으로 나뉜 물이 서로 섞이지 않으면서 바다 저층에 산소가 부족해진 탓에 수심 4미터 아래는 육안으로 확인할 수 있을 정도로 썩은 상태다. 그럼에도 불구하고 환경부는 시민생태조사단의 자료를 폄하하며 실질적인 갯벌 보존 정책을 전혀 내놓지 않고 있다. 여기에 그치지 않고 정부는 현재 새만금신공항 건설 사업을 준비 중이다. 신공항과 철새들의 이동경로는 겹친다. 비행기와 조류가 충돌하는 버드 스트라이크가 명백히 예상되는 상황이다. 신공항 건설은 더 많은 새를 멸종에 처하게 할 것이다. 또한 무책임한 매립 사업은 비인간 동물뿐 아니라 인간 동물의 삶의 자리 역시 협소하게 만들 것이다.

철새들이 제 계절에 하늘을 무사히 가로지르든 말든 무슨 상관이냐고 누군가는 무심히 말할 테다. 한편 사람들이 땅을 두고 밥그릇 싸움을 하는 동안 어떤 종은 멸종에 가까워져간다는 게 괜찮지 않은 사람들도 있을 것이다. 하늘과 땅과 물에 난 길들이 우리만의 것이 아니라는 당연한 사실을 다시금 힘주어 적어본다.

2021.11.29

몸을 씻으며 하는 생각

욕실은 주로 혼자 머무는 공간이다. 그곳에선 다른 누구도 아닌 내 얼굴만 마주하면 된다. 나의 욕실은 서재 건너편에 있고 거기엔 작은 욕조가 있다. 전에 살던 집주인이 두고 간 욕조다. 그 욕조는 아름답지만 매일 목욕하는 건 사치니까 보통은 샤워만 하고 나온다.

나는 빠른 샤워에 일가견이 있다. 청소년기를 시골 기숙학교에서 보냈는데 그 학교의 공동욕실이 참으로 열악하여서 따뜻한 물을 양껏 쓸 수 없었다. 온수가 매우 한정적인 자원이라는 걸 그곳에서 배웠다. 사용할 수 있는 온수의 양과 시간대가 하루 단위로 제한되어 있었다. 온수는 새벽 6시쯤에 가장 안정적으로 흘렀다. 핫 샤워를 위해 늦잠을 포기할 수 있는 중학생과 그렇지 않은 중학생으로 여자 기숙사의 인물들을 분류한다면 나는 전자에 속했다. 나만큼이나 부지런한 친구와 함께 아침마다 제일 먼저 공동욕실로 향하곤 했다. 그렇다고 여유를 부릴 수는 없었다. 느긋하게 오래 씻었다가는 나중에 올 친구들이 쓸 온수가 모자랄 것이었다. 모두가 퀵 샤워를 해야만 공평하게 핫 샤워를 할 수 있었다. 좋으나 싫으나 우리는 서로에게 영향을 미쳤다. 친구들도 나도 별수 없이 신속하고 알뜰한 샤워인이 되어갔다. 그 시절에 익힌 버릇이 지금까지 남아 있다. 여전히 욕실에 그리

오래 머물지 않는 편이다.

그래도 가끔은 욕조에 물을 받는다. 삶이 수월했던 날 말고 어려웠던 날에 그렇게 한다. 작은 욕조는 금세 물이 차서 좋다. 따뜻한 물에 몸을 담그면 힘이 풀려서 화장실 타일이나 멍하니 바라보게 된다. 그렇게 앉아 마음에 걸리는 일들을 생각한다. 어떤 날이든 조금씩 후회되는 일들이 있다. 부끄러움 한 점 없는 하루는 몹시 희귀하다. 하지 않는 게 나았을 말과 쓰지 않는 게 나았을 문장과 보지 않는 게 나았을 화면 같은 것이 떠오른다.

나는 반복하고 싶지 않은 것의 목록을 적어가며 어른이 되어왔다. 청소년이었을 때에는 어른이 되면 최대한 단체생활을 하지 않는 환경에서 살겠다고 다짐했었다. 단체생활만 안 해도 사는 게 훨씬 홀가분해질 것 같았다. 하지만 독립해서 살게 된 이후에도 몸과 마음이 홀가분하지 않은 일들을 자주 반복하곤 했다. 이를테면 말실수, 불친절, 과소비, 과식, 과로 같은 것. 단번에 고치지는 못해도 최대한 줄여나가고 싶었다. 육식 또한 그런 일들 중 하나였다. 공장식 축산 시스템에 관해서는 입으로도 돈으로도 더 이상 일조하고 싶지 않았다. 내가 먹는 고기는 확실히 어떤 산업을 공고하게 만든다. 내 생활

양식은 분명히 세계에 영향을 끼치고 세계는 다시 나에게 영향을 끼친다. 좋든 싫든 혼자일 수 없다는 감각이 나로 하여금 어떤 일들을 관두게 했다.

가장 적극적으로 관둔 장소는 식탁이었다. 동물의 고통과 상관이 있는 음식을 하나둘씩 끊어나갔다. 고기뿐 아니라 유제품, 계란, 해산물 등도 할 수 있는 만큼 피했다. 이 시대의 동물 착취는 몹시 광범위하고도 촘촘하여서 고민은 먹을거리로 그치지 않았다. 욕실에서도 홀가분할 수 없었다. 세수하고 양치하고 머리 감고 몸을 씻는 모든 과정이 동물과 유관하니까. 신경 써서 고르지 않으면 대부분 동물실험 제품이었다. 누군가를 고통스럽게 한 결과로 깨끗해지고 싶지 않다면 어떤 제품을 골라야 하는가? 크루얼티프리(Cruelty-Free) 기업을 찾아야 했다.

크루얼티프리 기업의 욕실 제품들은 대단한 효능을 뽐내지 않는다. 만드는 과정에서 동물을 괴롭히지 않았을 뿐이고 나는 그것으로 족하다. 화장품을 동물에게 테스트하는 것보다 사람에게 테스트하는 것이 차라리 더 인간적이라고 설명하는 브랜드도 있다. 누군가를 착취하지 않는 것을 주요 가치로 삼는 기업들이다. 이와 비숫한 브랜드들이 더 많아지고 더 저렴해지기를 소망한다. 바쁘거나 가난하거나 무심한 소비자도 쉽게 접근할 수 있을 만큼 흔해지기를 바란다. 그러면 생활 속 비거니즘의 문턱이 점점 낮아질 것이다.

어떤 곳에선 나의 비건 지향 생활이 '라이프 스타일'이라고 소개되기도 하지만 나는 그 말이 우스꽝스럽게 느껴진다. 어떤 라이프 스타일을 추구하냐는 질문을 받으면 라이프 스타일이라는 말 같은 건 쓰지 않는 라이프 스타일을 추구한다고 대답하고 싶을 정도다. 그저 최대한 남에게나 스스로에게나 폐를 끼치지 않으며 지내고 싶을 뿐이다. 제한된 자원 안에서 신속하고 알뜰하게 샤워했던 것처럼, 그리 어렵지 않은 일이라면 부지런히 변해보고 싶을 뿐이다. 이런 생활 습관은 타자를 의식하면서 생겨났다. 우리는 욕실에서조차 누군가와 연결되어 있다. 거울로 마주 보는 내 얼굴은 어쩔 수 없이 아주 많은 존재와 상관있는 자의 모습이다.

비건 지향 생활 역시 완벽할 수 없고 나는 앞으로도 크고 작은 부끄러운 짓을 반복하겠지만, 고통의 총량을 줄이기 위한 노력은 관두지 않고 싶다. 내가 먹고 입고 쓰는 모든 것의 앞뒤에 어떤 존재가 있는지 상상하기를 멈추지 않으려 한다.

2022.02.14

최초의 해방

이따금 친구들의 삶을 생각하면 강한 햇볕이 정수리 위로 쏟아질 때처럼 어지럽다. 얼마나 찬란하거나 눈부신지 알아채는 건 나중 일이다. 우선 나는 이마에 손을 짚으며 놀라기 바쁘다. 너희가 정말 이걸 해냈다고? 그럼 친구들은 이제 시작일 뿐이라는 듯이 웃는다. 그들의 삶은 직접 택한 고생들로 가득 차 있다. 친구 중 한 명은 편집자인데 허구한 날 서울과 강원도를 오간다. 전화를 걸면 인제군으로 향하는 차 안에서 졸다가 받곤 하는 것이다. 거기엔 소들이 있다고 한다. 친구를 비롯한 동물해방물결의 활동가들이 구조한 소들이다. 소를 왜 구조하느냐고 누군가는 물을 것이다. 소가 도랑에 빠지기라도 했나? 혹은 언젠가의 여름처럼 홍수를 피해 지붕 위로 올라갔나?

사실 이 땅의 모든 소는 위급 상황에 처해 있다. 고기 혹은 우유를 생산하기 위해 품종개량되고 사육되고 좁은 축사 안에 갇혀 살다가 도살된다. 어떤 소도 제 수명대로 살지 못한다. 학살한 만큼 강제로 출생시켜야 하므로 같은 운명을 겪을 동물들이 이 시간에도 무수히 태어난다. 그래야 또 판매할 수 있으니까. 한국은 한 해 동안 90만여 명의 소를 도살하는 국가다. 이 거대한 죽음에 놀라지도 않을 정도로 우리는 소를 모른다. 소고기와 우유와 치즈를 먹을 줄은 알아도 소는 모르기로 한다. 한편 모르지 않기로 하는 이들이 있고 그들은 움직인다.

동물해방물결의 동료들이 움직이는 방식은 다음과 같다. 축산업에 갇힌 소들 중 극히 일부라도 구조하기로 결심한다. 한국 최초의 소 생추어리를 만들기 위해서다. '생추어리(sanctuary)'란 고통스러운 환경에 놓인 동물을 이주시켜 보호하는 공간이다. 최대한 야생에 가까운 보금자리를 마련하여 그들이 자신의 수명대로 살수 있게 한다. 축산업의 입장에서는 들도 보도 못한 구조 제안이었을 것이다. 하지만 새 시대는 언제나 최초의 변혁과 함께 온다.

지난한 설득과 자금 마련 끝에 동물해방물결은 한 목장으로부터 여섯 명의 소를 구조하여 임시보호처로 옮긴다. 구조된 소들은 우유 생산을 위해 착취되는 홀스타인종이다. 그들이 평생 살 만한 보금자리를 만들고자 활동가들은 이리 뛰고 저리 뛴다. 그 길에서 강원도 인제군의 신월리라는 마을을 알게 된다. 신월분교가 있는 마을이다. 신월리의 모든 어른들과 고향을 떠난 자식들 대부분이 그 학교를 나왔지만 이제는 폐교된 채 텅 비었다. 분교의 앞마당과 뒷마당을 소를 위해 쓸 수 있기를 조심스레 꿈꾸며 마을 사람들을 만난다. 이장님을 비롯한 신월리의 어른들과 시간을 보내고 함께 살면서 소 이야기를 나누는 것이다. 이런 구조 활동이 왜 필요한지, 생추어리를 조성하는 게 신월리에도 어떤 도움이 될 수 있는지, 어떻게 동물을 살리면서 마을을 살리기도 할 것인지 길고 긴 토의를 한다. 그러자 마을의 어른들이 서서히 마음을 연다. 동물해방이라는 낯선 개념을 들고 와 새벽부터 밤까지 부지런히 움직이는 청년들을 보며 소에 대해 새롭게 생각하지 않을 수 없었던 것이다.

마을 총회에서 생추어리 사업은 마침내 주민 동의를 얻는다. 협약 체결 후에는 이들이 합심하여 보금자리를 일군다. 구조된 소를 위해 운동장을 재건하는 과정이었다. 직접 집을 짓고 소를 키워본 마을 어른들의 연륜과 지혜가 없었다면 해내지 못했을 것이다. 전례 없는 소의 해방을 믿고 십시일반 돈을 보내준 후원자들이 없었다면 몇 번이고 계획이 엎어졌을 것이다. 돈과 시간과 몸을 바쳐 움직인 결과 한국 최초의 소 생추어리가 완성된다. 이곳의 이름은 '달뜨는 마을 보금자리'다.

2022년 11월 10일. 드디어 이곳에 소들이 첫발을 디뎠다. 임시보호 과정에서 병이 들어 안타깝게 죽은 한 명을 제외하고 다섯 명의 소가 생추어리에 입장했다. 현대의 축산업에서 어떤 소도 그렇게 넓은 부지를 제공받지 못한다. 생추어리에 들어선 그들은 더 이상 고기나 우유나 재산으로서의 소가 아니다. 내 친구들은 이 순간을 상상하며 2년 가까이 일했다. 내 집 마련도 요원한 애들이 소 집 마련을 하려고 그렇게 애썼다.

누군가는 고작 소 다섯 명일 뿐이지 않냐고 물을 듯하다. 그러나 우리는 지금 이 땅에서 처음으로 소가 해방된 순간을 목격하는 중이다 공장식 축산으로부터 소 다섯 명을 구조하기가 이토록 어려웠다. 앞으로는 조금씩 덜 어려워질 것이다. 나는 이 일이 훗날 교과서에 실리기를 바란다. 소 옆에 선 친구들이 내뿜는 눈부신 후광을 쬐며 생추어리를 위한 후원금을 송금한다. 모두가 생추어리를 만들 수는 없지만 그게 지속되게끔 힘을 보탤 수는 있다. 우리가 보내는 돈이 해방된 소를 계속 해방되게 한다. 그리고 해방된 소는 또 다른 해방을 불러올 수밖에 없다.

2022.11.14

여자를 집으로
데려오는 여자들

힘든 일 생기면 우리 집에 오라고 말하던 언니들이 있었다. 나는 십대 혹은 이십대였고 집이 없었고 있더라도 너무 남루했고 어떤 밤에는 정말로 돌아갈 곳이 마땅치 않았다. 언니들 집에 찾아가면 밥을 해주거나 시켜줬다. 내 얘기를 들어주고 언니들 얘기를 들려줬다. 자고 가라며 이부자리를 펴주기도 했다. 이제 와서 생각한다. 그때 언니들 되게 바빴을 텐데 어떻게 시간 냈을까. 언니들도 가난했는데 왜 가진 걸 나눠줬을까. 그저 나보다 조금 덜 가난했을 뿐인데. 이제는 삼십대가 된 내가 주위 여자들에게 말한다. 사는 거 너무 힘들면 우리 집에 오라고. 그럼 폭력을 겪거나 이혼을 겪거나 고립을 겪거나 자기 자신을 겪다가 탈진한 친구들이 내 소파에 누워 쉰다. 친구들의 얼굴은 특별하고 슬프다. 징그럽게 똑똑한 애들이 별 고생을 다 하며 산다. 나 역시 스스로를 굴리고 돌보는 게 아직 벅차지만 때때로 어떻게든 시간을 빼서 그들과 함께 있는다. 먼저 태어난 여자들이 그러라고 알려주었다.

　　나의 오랜 친구 담은 가끔씩 자신의 집을 '엄살원'으로 운영한다. 엄살원이라는 이름을 들으면 거기 가서 엄살을 피우고 싶어진다. 딴 데 가서는 못할 얘기도 편히 털어놓을 수 있을 것 같다. 담은 엄살원을 '밥만 먹여 돌려보내는 엉터리 의원'이라고 설명한다. 그는 한 달에 한

번 손님을 초대해 솜씨 좋게 비건 만찬을 차려주고 이야기를 듣는다. 부엌일 하느라 어수선했던 담의 마음은 손님 앞에서 정연해진다. 손님들의 이야기는 웃기고 통탄스럽고 굉장하다. 손님이 머물다 떠난 집에서 담은 긴 인터뷰 원고를 쓴다.

담이 쓴 인터뷰 중 한 편은 '삭제의 신'에 관한 이야기다. 무엇을 삭제하는 신일까? 바로 불법촬영물이다. 디지털성폭력이 만연한 이 시대에 피해자를 지원하는 활동가들이 어디선가 밤낮으로 일하고 있다. 엄살원에 방문한 쪼이 역시 직접적으로 피해자를 지원한다. 정확히는 '삭제 지원 활동가'로서 움직인다. 쪼이는 미술을 공부하고 있었으나 〈JTBC 뉴스룸〉에 등장한 김지은 씨의 모습을 본 것을 계기로 당장 필요한 도움을 줄 수 있는 사람이 되고 싶어서 이 일을 택했다. 쪼이가 작업을 착수하는 환경은 사실상 무한의 공간이다. 불법촬영물 유포자는 다양한 사이트에 수십 개 혹은 수백 개씩 업로드할 수 있기 때문이다. 쪼이와 같은 활동가들은 집요하게 그들을 쫓아서 삭제한다. 모든 능력을 걸고 '내 피해자'의 영상을 찾는 일이다. 이 일에는 직관과 끈기뿐 아니라 이미지를 분석하는 고도의 능력이 필요하다. 가해자의 심리를 예측해야 한다는 점에서 프로파일러의 업

무와도 닮아 있다. 보기 전엔 모르는, 보게 되면 영영 달라지는 세계다.

이 영상들의 존재 유무에 따라 어떤 여자가 죽기도 하고 살기도 한다. 여자의 생사가 걸린 일에 자기 능력을 총동원하는 손님의 말을, 엄살원 주인인 담이 듣는다. 누군가가 기를 쓰고 삭제를 해야만 하는 이 시대를 슬퍼하면서. 삭제하는 이에게 배우면서. 밥만 먹여 돌려보내는 동안 이야기는 식탁에 수북이 쌓인다.

담의 친구이자 엄살원 직원인 유리는 자신의 책 『눈물에는 체력이 녹아있어』에 다음과 같은 문장을 썼다.

남자를 싫어하는 일보다 선행돼야 할 건 언제나 여자를 살리는 일이고, 그런 여자들에게 그런 남자들을 거부할 자유를 주는 방법은 안 그런 여자들이 그런 남자들보다 더 그런 여자를 사랑해버리는 거, 그거 하나뿐이다. 더 환호하고 더 욕망하고 더 열렬히 사랑하는 거. 침 흘리는 남자들보다 먼저 그 여자들을 약탈하고 자기 집으로 데려가는 거. 그런 걸 안하면서 남자들이 문제다, 저런 남자를 받아주는 저런 여자도 좀 더럽다고 말하는 건 거의 그 남자랑 그

여자가 백년해로하라고 맺어주는 거나 다름없다.[25]

이런 동료들의 이야기를 빼놓고 어떻게 사랑과 정의를 말할 수 있겠는가. 남자 아닌 사람이 무탈히 집으로 돌아가는 게 여전히 어려운 세상이다. 신뢰할 수 없는 법 체계 아래에서도 친구가 죽지 않게끔 순찰을 돌고 초대하고 먹이고 재우며 힘을 보탠 사람들이 있다. 국가와 시스템이 매번 누락하는 빈칸을 발 벗고 나서서 메꿔온 여자들의 역사다.

그러나 돌봄과 살림만을 위해 24시간 대기 중인 언니는 없으며 그래서도 안 된다. 내가 원하는 건 언니들을 닮은 사회다. 다양한 언니의 능력을 적극적으로 모방하고 학습한 사회를 촉구한다.

_____

2022.09.19

_____

25. 한유리, 『눈물에는 체력이 녹아있어』, 중앙북스, 2022, 117-118면.

결코 절망하지 않을
친구들에게

나는 시를 쓰지 않지만 지난여름 펼쳐 든 새 시집에서는 꼭 내가 쓴 듯한 문장을 읽어서 깜짝 놀라고 말았다. 다른 우주에서 시인이 된 훌륭한 버전의 내가 쓴 것만 같은 문장이었다. 강지이 시집 『수평으로 함께 잠겨보려고』 끝에 실린 「시인의 말」이다.

> 여름 샐러드를 먹으면서
> 흰 눈이 쌓인 운동장을 함께 달리자.
> 우리에게 무슨 일이 있고, 또 있었더라도
> 우린 앞으로 잘 달릴 수 있다.
> 그런 믿음은 이상하게도 잘
> 사라지지 않는다.[26]

어떤 어색함도 없이 곧바로 소리 내어 읽을 수 있었다. 이러한 달리기와 용기와 믿음에 관해 나는 이미 알고 있는 것 같았다. 마치 이 시인과 내가 같은 공장에서 만들어진 작가들처럼 느껴졌다. 시집 첫 장을 열면 바로 더 놀라운 문장이 적혀 있다.

> 결코 절망하지 않을
> 나의 친구들과 가족들에게

---

26. 강지이, 『수평으로 함께 잠겨보려고』, 창비, 2021, 129면.

절망이 무엇인지 모른다면 이런 문장은 쓸 수 없을 것이다. 절망 가까이에 있었던 사람, 사랑하는 사람과 크게 휘청거려본 사람, 그럼에도 살아가기를 멈추지 않는 사람이 쓴 문장이라고 생각했다.

그러자 내 친구들의 얼굴이 떠올랐다. 젊거나 나이 들었거나 죽고 싶거나 살고 싶은 친구들. 나도 그들이 결코 절망하지 않기를 바랐다. 내 글의 대부분은 그들 덕분에 쓰였다. 아점 메뉴와 저녁 메뉴도 그들에 의해 바뀌었다. 친구들은 나를 작가로 살게 하고 느슨한 비건으로 살게 했다. 하지만 글쓰기나 비거니즘이나 실패를 거듭할 수밖에 없는 일이다. 세상의 복잡함과 나의 나약함, 비겁함, 게으름 사이에서 끊임없이 헷갈리게 되는 일이다. 언뜻 비건은 헷갈리지 않는 사람처럼 보인다. 동물권과 기후위기에 대해 명료한 지식과 확고한 신념을 가진, 윤리 의식으로 무장한, 웬만해선 헷갈리지 않는 사람. 어딘가에는 그런 비건도 있을 것이다. 비건에게 쏟아지는 온갖 질문과 조롱에 답하다가 탄탄한 논리와 생활양식을 갖추게 되었을 수도 있다.

하지만 대답을 망설이는 비건의 얼굴 또한 나는 안다. 흔들리는 눈빛으로 그저 고기 먹기를 멈추기로 한 얼굴들 말이다. 이 흔들림이야말로 비거니즘의 아주 중요한 부분이라고 느낀다. 내가 하고 싶은 운동은 그러한 흔들림을 적극적으로 이해하고 허용하는 비거니즘이다. 이에 관해 나의 동료 작가 안담은 "필연적으로 비거니즘은 실패와 용서의 장르"라고 말하며 다음과 같은 문장을 썼다.

> 더 이상 고기를 먹지 않겠다는 선언이 급진적이고 적극적인 실천으로 받아들여지는 것이 언제나 이상하게 느껴진다. 비건은 이미 결정했기 때문에 되는 게 아니라, 아직 결정하지 못했기 때문에 되는 게 아닌가 싶기 때문이다. 비거니즘은 식물 먹기가 아니고 동물 먹지 않기이다. 그들은 무언갈 하는 게 아니고, 도리어 하지 않는다. 비건은 결정을 보류하고 판단을 중지한다. 그들은 내일 뭘 먹어야 할지 확신하는 사람들이기보다는, 어제 먹은 것을 되새김질하고 오늘 먹을 것 앞에서 우물쭈물하는 우유부단한 사람들에 가깝다. 아마도 내내 마음에 걸리기 때문이다. 이를테면 친구의 표정이, 친구인 개의 표정이, 친구인 개의 친구의 표정이, 그의 마음속에서 모래알처럼 자분자분 씹히기 때문에.[27]

---

27. 관악여성주의비평동인이 창간한 잡지 『OFF』(off-magazine.net)의 특집호 '기획의 말'의 일부다. 『OFF』는 촘촘하고 짜릿한 글들이 잔뜩 모여 있어서 어지러울 정도로 멋진 웹진인데 최다 무료로 읽어볼 수 있다.

안담의 표현대로 나 역시 친구의 표정이 마음에 걸려서 비건이 되었다. 우정의 범위를 넓히다가 벌어진 일이다. 안담은 같은 글에서 온갖 종류의 비건을 헤아리며 이렇게도 쓴다.

비건이 인간인 한, 어떤 비건도 인간 이상으로 또는 인간 이하로 실패하지는 않을 것이라면, 그러므로 유독 비건에게 무적의 이론과 흠 잡을 데 없는 실천을 요구하는 일이 부당하다는 데 동의한다면, 우리는 좀 더 편안하게 비건이 되는 일의 슬픔과 어려움에 대해서도 말해보아도 좋지 않을까?

나에게 이 웹진은 휘청거리는 비건 옆에서 마찬가지로 휘청거리는 비건 혹은 논비건 친구가 쓴 이야기들로 읽힌다. 고기를 먹지 않고도 잘 사는 것은 어떻게 가능할까? 그러면서도 우리는 어떻게 계속 친구일 수 있을까? 어떻게 절망했다가 희망하면 좋을까? 비거니즘을 대답이 아닌 질문의 시작으로 여기는 글들이며, 결코 절망하지 않았으면 하는 친구가 없었다면 쓰이지 않았을 글들이다. 이 글들은 나를 포기했다가도 다시 돌아오게끔한다. 안담이 썼듯 이 시대의 인간은 동료를 가릴 처지가아니기 때문이다. 결국 우정의 마음만이 세상을 구원할

수 있을 것이다. 나 역시 이상하게도 그런 믿음은 잘 사
라지지 않는다.

2021.10.04

더 많이 보는 눈

종강 시즌이 왔다. 마지막 수업을 하기 위해 교실에 입장하며 아이들을 바라보았다. 내년에 다시 만날 아이도 있지만 다시 못 볼 아이도 있다. 우리는 모두가 처음 맞닥뜨린 코로나 3년을 같이 통과해온 이들이다. 온라인과 오프라인을 어수선하게 넘나들며 함께 쩔쩔매본 사이다. 소규모 교실에서 거리를 두고 마주한 아이들의 얼굴은 마스크로 반 넘게 가려져 있다. 그래도 나는 그들 얼굴의 아래쪽을 잘 상상할 수 있다. 줌 화면을 통해서도 보았고, 가끔씩 마스크를 내리고 물을 마실 때에도 보았으니까. 마스크를 쓰고 처음 만났던 학기 초에는 표정을 읽을 수 없어 답답했다. 내가 건넨 말에 웃었는지 안 웃었는지, 표정이 굳었는지 안 굳었는지 알 수 없어 막막했다.

지금은 그 표정을 조금 알 것 같다. 마스크 위 두 눈과 양 눈썹을 유심히 보게 되어서다. 아이들도 나도 상대방 얼굴의 윗부분을 보는 안목이 코로나 시절 내내 발달한 듯하다. 중요한 이야기를 할 때 눈을 또렷하게 뜨고, 이해가 되지 않을 때 눈살을 살짝 찌푸리며 고개를 갸우뚱하고, 공감할 때 고개를 크게 끄덕끄덕하는 동작들 덕분이다. 얼굴의 움직임만으로 충분치 않을 때에는 다양한 손짓을 곁들이기도 했다.

학기 초에 비해 아이들과 나는 제스처가 풍부해지고 목소리도 커졌다. 마스크에 가려진 채로도 잘 전하고 싶고 잘 알아듣고 싶기 때문이었다. 표정과 손짓이 적극적으로 바뀌는 와중에 아이들의 글도 달라졌다. 세부 정보가 점점 많아지고 등장인물의 수도 늘어났다. 시간이 흐를수록 아이들은 자신의 더 많은 부분을 글쓰기 수업에 흔쾌히 내어준다. 나는 그 사실에 감격하며 일한다. 그러나 아이들이 쓰지 않은 이야기는 아직도 많고 많을 것이다. 종강 수업에서 나는 칠판에 다음과 같은 문장을 적었다. 김행숙 시인의 시 「눈과 눈」의 한 구절이었다.

너는 눈이 좋구나, 조심하렴, 더 많이 보는 눈은 비밀을 가지게 된다[28]

아이들은 내가 쓴 문장을 받아 적었다. 나는 말했다. 더 많이 보는 사람의 황홀과 고통에 대해. 그리고 비밀을 가진 사람의 불안과 아름다움에 대해. 우리를 괴롭히는 동시에 구원하기도 할 다양한 비밀들에 대해. 부디 글쓰기라는 작업이, 그 비밀을 혼자 품느라 너무 크게 다치지 않도록 도왔으면 좋겠다고 말했다. 다시 못 볼 수도 있는 아이들에게 하나의 이야기만을 전해야 한다면 이 말을 하

28. 김행숙, 「눈과 눈」, 『무슨 심부름을 가는 길이니』, 문학과지성사, 2020, 115면.

고 싶었다. 글쓰기를 통해 스스로를 지킬 수 있다는 말. 그러다 보면 더 많은 걸 수호할 수도 있게 된다는 말.

세월이 흐른 뒤에도 그들은 2020년대 초반을 자주 돌이켜볼 것이다. 격변하는 시대가 그때부터 시작되었다고 말할지도 모른다. 아이들은 이제 스무 살이 된다. 성인이 되어 다시 만나면 우리는 그야말로 동료다. 나의 글쓰기 스승 어딘과 내가 그렇게 되었듯이 말이다. 그들은 내가 상상도 못했던 희망을 발명할 것이다. 나는 어른이 될수록 그들이 발명한 희망을 서포트하기 위해 애쓸 것이다.

새해에는 글쓰기로 더 많은 얼굴을 비추고 싶다. 깊은 밤 초롱불 같은 원고가 되게끔 문장을 데운다. 내가 계속한다는 게 나뿐만 아니라 아이들에게도 희망이었으면 좋겠다. 그들과 함께 더 많은 것을 보고 듣고 쓸 용기를 낸다. 어째서 자꾸 정치적인 글을 쓰느냐고 묻는 독자님도 계시지만 오히려 나는 언제나 이것이 아쉽다. 내 글이 충분히 정치적이지 않다는 것. 더욱 정치적이기 위해 더욱 구체적으로 첨예해지려 한다. 생을 더 자세히 사랑하겠다는 다짐이다.

날씨와 얼굴

초판 1쇄 2023년 2월 20일

지은이 이슬아
편집 조소정, 이재현, 조형희
디자인 일상의실천
제작 세걸음

펴낸곳 위고
출판등록 2012년 10월 29일 제406-2012-000115호
주소 10881 경기도 파주시 회동길 290 206-제5호
전화 031-946-9276
팩스 031-946-9277

hugo@hugobooks.co.kr
hugobooks.co.kr

© 이슬아, 2023

ISBN 979-11-86602-93-5 03810